笨故事集

周云蓬 著

北京联合出版公司
Beijing United Publishing Co.,Ltd.

目录

序：
他与世界
的轻碰触

文/余秀华

第一次见到周云蓬是在鼓浪屿，我是去参加诗会，不知道他去干吗，后来才知道他也想混"诗歌圈"，因为这个圈子好混，"黑帮老大"宅心仁厚。在见到他之前，我就知道他的名字啦，虽然不是如雷贯耳，但是绕不开撒。有些人就这样，你爱不爱他，他都要渗透进你的生活，这就是"影响力"。再后来，知道他的影响力还挺大，特别是在中年妇女中间，挺招人恨的。后来我们又见了很多次，在不同的地方、不同的场合，看来他混诗歌圈子混定了，而我唱歌还不如左小祖咒，所以注定混不了民谣圈子。

第一次见面的时候，大方姐给我们俩拍了一张照片，他坐在一棵大树下，保持着惯常的姿势：握着盲杖，面朝前方。他居然看都不看如花似玉的我，哦，看不到，但是起码要面对着我，闻我身上芬芳的气味撒（好像我身上只有中年妇女的油腻味）。不过我看到了他，看得最入神的是他的手。那真是一双好手啊，细皮嫩肉，软绵绵的，手心里的纹理清晰干净，放在算命先生的眼里，一定会说："好命，多给钱！"让我想起我老情人的手，不过我那个老情人年纪太大了，和女人接触，没有周云蓬的自然和自信。

一双如此细腻的手在这个世界上摸索，也摸索着这个世界，摸到了鸟语花香，风声、雨声、海浪声，我相信也摸到了花朵、树叶的形状和质地，摸到了它们在不同的季节里的小心翼翼和大胆放肆；摸到了水在不同地方的温度和软硬。我不知道这算不算他与世界接触的全部，但肯定是一部分。这一部分在我看来已经足够多了，因为别人能够感觉到的也不过如此。在身体有缺陷的人的认知里，他们知道的一定没有正常人知道的多，其实也未必，不管是谁，对世界的了解都是可怜的一点点。

他送了我两本书，《绿皮火车》和《午夜起来听寂静》，惭愧，我没有好好读，但是文字的流畅和幽默还是给我留下了印象。我想周哥哥不会怪我没有把他的书读完，他读的也是远高于自己写作水平的书，有时候他提到他读的书里的一些名字，我都没有听说过。但是（这个转折点好像有点意思）大方姐把他的《笨故事集》里的几篇文章发给我看的时候，我终于发现了周云蓬在文字上的才华。我直言不讳地对周云蓬说："你的故事比你的诗歌写得好多了。"他也不生气。为了保持好看的手，他不能生气。

他说:"那好啊,你就多写点,写长点。""写长点"对我是一件困难的事情,我的性格直爽,习惯了有屁就放,你让我弯弯绕绕去说话简直是要命。但是他的确是个非常会讲故事的人,比如《笨故事》就非常有意思,大学生因为崇拜"我"而和"我"结婚,"我"也被这虚荣的光圈包围着,仿佛人生到达了高潮。他没有一句抒情,只是让故事原原本本地呈现,然后小保姆来了。小保姆来了肯定要发生事儿,大部分文学里的小保姆都是事儿主,"我"也不例外。但是故事读下来,你会发现,许多设计在里面,包括小保姆的设计,"我"也许知道也许不知道,"我"的妻子也许知道也许不知道,但是不点破。如果说故事到"我"和老婆离婚结束,那这个故事就完了,但是"我"从牢房里出来后又找到小保姆,小保姆接纳了"我",这就是爱情,也是故事的升华。

感情是非常神奇和微妙的一件事情,太难把握。

看《霍乱时期的爱情》，你会惊叹：一件微不足道的事情就让重如泰山的感情瞬间断裂，而且毫无不舍。我也有这样的经历，我曾经以为可以爱一生一世的人，在某一天被我拉黑，毫无不舍，甚至痛快。我们最初对这个世界的温柔都会结束在自己的粗暴里，你不知道世界和自己身上发生了什么。这段时间，我想我对世界能够容忍的程度在于"轻触碰"。

周云蓬的几篇故事读下来，感觉到他与世界的"轻触碰"，我不认为这是一种故意，应该是他的性格所致，而且我也不把这样的"轻"理解为他的温柔，尽管我相信他是温柔的，啊，好糟糕！在《笨故事》《飞行故事》《少年心事》《敬亭山》等我已经读过的几篇里，我感觉到的就是他与这个世界的"轻碰触"，如同他绵柔的手掌摸到了仙人掌，一声低语："哦，这是仙人掌啊。"然后就把手拿开了，换成我，我就会把仙人掌拔起来。这些故事，都是一个美好的过程而没有结局，也不可能有结局。在他们的生活里，他是过客；在他的生活里，他们也是过客。我喜欢这样的写法，灵巧、符合现实。我们中国的作家太喜欢给故事一个结局了，不管是好是坏，这是一种病。而外国的好小说都是一个片段。周云蓬很清楚，小说是在讲一个故事，而不是在讲一个道理。

我想在讲故事方面，他是有优势的。因为眼睛看不见，听觉就灵敏，而故事都是在讲和听之间。当我们闭上眼睛，黑暗里涌动的只有声音和感觉，世界在单一的色调上呈现出另外的可能，而这个可能里会产生新的可能，如同发出了新的枝丫。这几天我和朋友讨论最多的是中国小说和外国小说的区别，说到底，就是对人性的认知到了哪一步，在被禁锢的中国人和中国故事里，人际关系反而成了故事的开始和结尾，我们不过是从地狱的一端走到另一端。周云蓬的故事讲的也是人与人之间的关系，但是这种关系很轻，是随时中断而不会疼的关系，但是感觉留了下来。

我不以为周云蓬带给了我们看世界的新角度，因为无非360度。我只是在这些故事里看到了一个人留在人间的随时断裂的蛛丝马迹。

讲故事

　　讲故事的人已经很少了。那甚至是一种传统手艺，跟吹糖人儿、扎纸船一样，快失传了。

　　小孩子不再缠着你央求：讲个故事吧。他们更渴望的是，快点拿到你的手机。老人们急着跳广场舞去了，他们也再没故事可讲。搞传销的、传教的、卖心灵鸡汤的，会讲个老鼠尾巴一般短的故事，后面拖拉着一大坨人生哲理。

　　小说也不再看重讲故事，忘本了。小说忙着阐释存在与虚无，或者存在与时间。

讲故事很初级、很业余，雕虫小技而已。

其实，还不如各安天命，讲讲故事，收敛野心，埋头做个匠人、艺人、说书人。甘于做个二流艺术家挺好的。莫扎特、卡夫卡、伯格曼，可以心向往之，高山仰止，景行行止，知道了就罢了，也算不虚度此生。

我要求自己在天命之年，老老实实讲点故事。

小时候，爱听《隋唐演义》，尤其是李元霸锤震四平山，打得十八路反王鸡飞狗跳、血肉横飞。银锤小将裴元庆与他对了三锤，被打得抱鞍吐血。最后，今世孟贲罗士信出山，铁枪对金锤，多过瘾啊！《说岳全传》里，最好听的故事，是高宠枪挑铁滑车，力竭而死，听着令人唏嘘不已。《杨家将》里，金沙滩双龙会，杨家七郎八虎，大郎替了赵王死，二郎替了八王亡，三郎被马踏如泥，四郎流落在番邦，可怜老令公杨继业，被困两狼山，里无粮草外无救兵，碰死在李陵碑下。

司马迁的《史记》，是一本好故事集。《项羽本纪》，多好听的故事，血气方刚，鲁莽悲壮，就像贝多芬的《命运交响曲》。《越王勾践世家》里，最好听的是范蠡的故事。他看破命运，有时可避过去：他看清勾践为人长颈鸟喙，可与共患难，不可与共乐，功成身退逃走了，避开了文种那样被赐死的厄运；有时无可奈何只能认命：二儿子的尸体从楚国运回来了，尽管他早已预料到这样的结局，但不能改变。《伍子胥列传》，是篇让人咬牙切齿的狠故事。伍子胥挖坟掘墓鞭挞仇人的尸体，让人掘出自己的眼睛挂在东门上，看另一个仇人的毁灭。《刺客列传》，是一篇篇短刀般的小故事：二百年后哪里又出了个啥啥人，好像一个倔强的灵魂，死了再死，不断附着在新的躯体上，直到高渐离最后的一击，这个灵魂终于可以安息了。《淮阴侯列传》讲的是一个有关命运的故事，河边的洗衣妇，未央宫的吕后，萧何一头一尾出现了两次。

好故事要一听再听，听不够，那再讲一遍吧。你不是都听过了吗？听过了也还想听。

海明威的《乞力马扎罗的雪》，讲一个小说家临死了，想起还有好多好故事留在心里，没写出来。本来都可以写成好小说的，因为寻欢作乐泡妞喝酒，以为可以放着以后再写，可是死神索命不等人，来不及写了。这本身成了一篇好故事。

老舍善于讲故事，讲老北京的街头巷尾的小故事。他的最后一部小说《正红旗下》讲得很开心，讲到官宦人家请一位喇嘛，还有一位道士会面，俩大师父要叫板掐架了，多好玩啊，道教与密宗谈法论道，真期待老舍会怎样写。可是呢，老舍自己的故事到头了，"文革"中他含冤自杀，《正红旗下》这个故事就没结局了。所以呢，讲故事的人，自己在故事里，听故事的人，也一样。

人生如梦，梦里做梦，醒来依然在梦中。这故事套故事，没有谁是绝对的旁听者。响板一声——上回书说到，我们就开始了，根本没法选择《红楼梦》还是《金瓶梅》。等到再敲响板——欲知后事如何，且听下回分解，大家拍屁股走人，各自投胎去了。

宇宙很可能就是一个大故事。

上帝呢，自己编故事，自己听故事。没有掌声，无人喝彩。你想偷吃知识树、生命树的果子，做他长久的听众，但他老人家不领情，这个故事太大了，肉眼凡胎无法承受。

我的朋友里，讲故事好听的，男是张玮玮，女属桑格格。两人名字还挺对仗。

张玮玮讲故事，慢悠悠有嚼头，像他家乡的拉面，抻起来，甩开去。听者张着嘴，随时等着笑出声。讲到最后，张玮玮还要招牌似的叹口气，下面就该"异史氏曰"了。

桑格格善于讲书面故事，一花一草、小猫小狗，她都拟人化，蹲在旁边，不错眼地看啊看，然后转述给你她的惊奇。她用成都话讲的故事，格外好听。男人女人，愣头愣脑，锤子棒槌一大堆，活蹦乱跳，仿佛红红绿绿的辣椒成精了。

我邀请他俩为我这本故事书写序言，写下这段文字前，还没有结果。我先夸夸他们，让他们先欠着我的情分，让他们不好意思不写。盼望这本书里，有他们的声音。他们都是有口音的人，让我意识到好故事离不开方言。用方言看，用方言回忆，最后，用方言传达给说普通话的听众们。

也可能他俩不给我写，即使那样，我也不收回对他们的赞美了。

2019 年 5 月 4 日写于大理

桑格格的回复

　　云蓬，我看了《笨故事集》，发现自己很难写。恰好碰到我的一个盲区，就是你这本有大量和性有关的故事，而我自己对于这一块的问题也在考虑，没有办法突破呢。希望你能原谅，这正是我最难的一块。

　　别怄气喔，蓬蓬。

.

敬亭山

那女子在半山腰喊你：星期一。她把整座山喊成了大教堂。夜从山脚下升起，她怕你迷路，但你走路无关光与暗，她刚认识你还不了解这些。

我原本想写一本《阿炳传》，就到了无锡，想找找他的痕迹。我从"八佰伴"一直走到"南禅寺"门口，这里整个变成了国际化大都市，阿炳连同他那个旧社会按时关闭的老城门，早已沉入地下。

我在无锡长途汽车站徘徊了一会儿，上了一辆开往安徽的大巴车，中途路过宣城。这地名在唐诗里见到过，那就下车看看。城区无精打采的，老不老新不新，没啥诗意。听说敬亭山也在此，坐上三轮车，直追李白后尘上敬亭山。

时近黄昏，很多吃饱了消食的人，往山上溜达。我随大溜儿登上一级级台阶，越走台阶越多，人渐渐少了。有一个念佛的居士，一声声"阿弥陀佛"，从后面赶上来，他问我，去哪儿？天快黑了。

我随口问，山上有住处吗？

半山腰有个茶室，旅游旺季时好像可住宿，他说可带我去看看，现在还开着不。

又上了百八十级台阶，两边的蟋蟀叫起来，山气凉丝丝地从脚底涌起。他说，到了，亮灯的地方就是。

茶室女主人操着一口南方普通话，声音很好听。女主人解释，现在是淡季，服务员都下山了，只留下她看店，还有个打扫卫生的大姐，白天上来做饭清扫。看你不像坏人，眼睛看不见怪不方便的，就留下来住吧，每天二十块，吃饭嘛，一起，多加个碗筷，不用算钱了。我连声感谢。

她带我来到院子里一间大木屋前，门槛很高，像是一间老房子，走在里面脚步声"咚咚"响，还有点回音。外面一大间好像是个仓库，里面有个小屋，是我住的地方，房间里散发着老木头的沉香味。她给我铺好床，点上蚊香，告诉我床头纱窗外有一大片竹林，早起空气挺好的。说罢，带上门走了。躺在床上，我琢磨，这姑娘胆子挺大的，平常一个人敢住在山上。

白天一路坐车爬山，这时困劲儿上来了，"哐当"一下就睡过去了。等到听见有人敲门喊，小周起了，吃早饭。恍惚间，我忘了自己身在何处，闻到清晨的竹叶香，随手摸到雕花的木床栏，想起来了，我在敬亭山上，马上一骨碌爬起，昨晚太累了，没脱衣服。

小晴又叫了几声，昨晚我们已经互通了姓名，我姓周，艺名叫星期一，她叫小晴。她先带我到院里井旁刷牙洗脸，她说，这是口古井。果然，喝了一口水，冰甜冰甜的。进了茶室，饭都摆好了，米粥、馒头，还有一盘腌菜。菜味有点怪，小晴解释，你别以为我给你吃的是发霉的剩菜，这是我们这里的特产，叫烂菜，很好吃的。果不其然，吃到嘴里，酸辣臭，蛮有回味的。

吃完饭，她问我，要去哪儿玩儿？我说，没啥计划。她建议，那一起喝茶吧。我们喝着茶，互道身世，我讲自己卖唱的事。她劝我，老这样也不是长久之计，你可以考个文工团啥的。我说，形象太差，上不了台面。她回忆说，当知青那会儿，有个姓李的男青年，是你们东北人，也会弹吉他唱歌，凭着这手艺，还勾搭了一个村子里叫小芳的姑娘，结果一回城就把人家甩了。我说，忘恩负义啊，好像听说过。她讲，自己结过婚，错嫁了男人，总爱打老婆，实在忍受不了，最后离婚了。

说完，转头向着远处幽幽地感叹，我们这一代人命都不好！我似乎听到山下整个一代好姑娘都深有同感地跟着叹了口气。

山中的日子过得美，白天吃小晴做的饭菜，喝着古井水泡的茶，夜里一梦黑甜，旁边还有个尼姑庵，上早课的木鱼声"笃笃笃"敲起，预告黎明将至。

但是有一天，我茶喝多了，晚上几次起夜，再也睡不着。躺在床上，听见外面的库房里有动静，先是什么东西窸窸窣窣地滑落在地上，凝神细听，又没了。过了一会儿，某扇柜门"砰"地关起来，又安静了不久，传来匀速的有节奏的像是脚步声或者敲击声。我的心脏一通乱跳，有啥东西在门外吗？赶紧爬起来，摸索着把门插好。

回到床上，竖起耳朵，一直等到尼姑庵敲木鱼，心里才踏实下来。第二天，我不好意思问小晴，怕显得我一惊一乍，没见过世面似的。估计是老鼠，据说老房子里还会有蛇常住，基本上与人相安无事。尽管想明白了，晚上还是睡不着，那么均匀且有节奏的动静，不应该是蛇能弄出来的，老鼠小胳膊小腿的，也没那么大力量。到底是啥？想了一夜，木鱼声"笃笃笃"地敲起来，我才恍惚睡去。吃完午饭，本来要出去溜达，因为昨夜失眠，就回屋继续瞌睡。快睡着的时候听到有人蹑手蹑脚地走进外间，推了推我屋门，叫了一声，小周。

是小晴的声音，我刚想回答，听到她自言自语，出去了。然后又进来一个人，小晴的嘴被堵住了，发出呜呜的声音，然后就是急切地喘息声。我的小心脏跟夜里似的又乱跳起来，不敢发出一点声响，怕被人发现在屋里。听小晴低声说有人来了，瞬时又安静下来。不知道他们啥时出去的，反正再没声音了。

我听懂了，小晴在偷情。这是啥话呢，人家是离了婚的。进而想，别人可以找她，我为啥不能找呢？

我们孤男寡女同住一院，夜里空山寂寂，岂不是机会更多吗？

今夜三更，嘿嘿！

三更，外间屋里一声怪叫，像是猫，又像是婴儿啼哭。又来了，动静越闹越大了，不可能是小晴他们，茶室又没客人，没必要半夜到这里来幽会。那种匀速的脚步声又响起来，好像在门前还停了一会儿，接着听到低沉的呻吟，一下一下的，好像一个身躯庞大的病重男子辗转在病榻上，似睡非睡地疼痛着。

这时我想起小晴，她现在是一个人睡，还是身旁有别人？她怎样呻吟呢？我是一边怕鬼，一边想女人，在床上翻过来翻过去烙大饼，终于睡着了。小晴掀开我被子，嘴里吸着气，她说，冷，钻到你被窝里暖暖。她的身体凉凉的，"哧溜"一下滑进来。我抱紧她，起初不敢动，渐渐地脑子热起来，问她，可以摸一下吗？她不吭声，我的手指从她肩头轻轻滑落在她乳房上，握住，像握着一个剥了皮的鸡蛋，鸡蛋清柔软细嫩，不敢稍微用力，生怕捏出裂痕。乳房在我手掌里温暖起来，我问小晴，这是在做梦吧？她说，是真的。然后"笃笃笃"的木鱼声叫醒了我。我怀里抱的是汗津津的被角，心里空落落的。

不等天亮马上起，一肚子闷气，鬼也不怕了，抓起盲杖，"咣当"打开门，走进外间，我要查查夜里闹腾的到底是啥，墙边摸到一口大缸，里面好像是大米，旁边有一截木梯子，后面戳着几支大扫把，另一面墙堆放着一些大木箱，掀开盖子，里面尘土味发霉味扑面而来，呛鼻子。搜了一圈，没找到棺材板骷髅头，都是些普通的烂家具。真可笑，连个女人都没有还怕鬼。

白天见到小晴，有点怪怪的感觉，梦里摸了人家，心里还是挺不好意思的。

我问她，我住的那个木房子过去是干吗用的？小晴说，听说解放前那是个庙，供奉的是啥神就不晓得了，"文革"中改成装木材的仓库了。小晴追问我，咋了，有啥不对吗？我说，没，只是夜里有些动静，应该是老鼠吧。停了一会儿，小晴神秘兮兮地问我，你怕鬼吗？我不怕，眼不见心不怕。她被我逗乐了。

夜里，那个桃色梦又来了，还是问她能摸一下吗？不吭声，这回寻到下面了，越来越湿润，正准备进入，"笃笃笃"，又及时被木鱼声叫醒了。

完了，这下子成连续剧了。

早饭面对小晴，感觉心虚，白天的她倒不真实起来，忽远忽近似影子一般。小晴问我，晚上听见啥老鼠了吗？我说，没，睡得很好，还做了很多梦。梦到什么了？我想了想说，好像梦到自己卖唱挣了很多钱，还接到通知要上春节联欢晚会，春晚舞台上，十几亿人鸦雀无声坐在台下，太紧张！唱歌跑调了，吓得出了一身冷汗，就醒了。

她拍着手夸奖，这可是个好梦！等真的上春晚了，你可别忘了我。

躺在床上，我酝酿着连续剧今晚要进入高潮啊，快迷糊了，突然听到有人敲纱窗，激灵一下，连续剧停播了。谁？窗外小晴小声说，别怕，我在周围转了一圈，啥也没有，安心睡吧，接着上春晚。我说，你真是吓死人不偿命，大半夜的，快回去睡吧。

她走了，我却再也睡不着。这个小晴好奇怪，一个人住山里，就因为胆子大吗？梦中一起温存的她怎么那么真切，别是个狐狸精吧？

早起，我到附近的尼姑庵烧了一炷香，询问，庙里有法力高深的师父吗？一个中年尼姑说，山脚下住着一位八十多岁的老和尚，出家很多年了，他是远近闻名的老法师。我问清了老和尚的住处，早饭毕，跟小晴说要下山走走，就出门了。沿着台阶一级级下来，走到山下一路打听，终于找到老和尚的住处，他正在唱经，手上敲着磬，有几个男女居士围坐在旁。我站在圈外，听了很久，等他唱完了，大概发现我这个陌生人有所求，询问我，小伙子，从哪儿来，需要啥帮助吗？

我先鞠了个躬，说，师父，我是个卖唱的，最近住在山上，晚上睡不安稳，总做噩梦，求师父帮助。老和尚沉吟了一下，说，心安就不会做噩梦，道理很简单。

我说，懂了，能不能求师父给我个护身符或者法器啥的，这样晚上睡觉就不怕了。老和尚笑曰，一切相由心生，心不安，给你啥都没用。我一听，也对，看来是要不到啥具体法宝了。我道了谢，问清路，就回了。一路走，想着老和尚的话，不小心迷了路，脚底下没了石板路，走上了一条土路。我想找人问问，接着向前走，两旁树的气息逐渐浓郁起来，没遇到人，下了个小坡，我的盲杖戳到了一个栅栏门。我晃了晃门，问，有人吗？问下路。等了一会儿，听见里面有拖拖拉拉的脚步声，加上一根拐杖左右探路的叮叮声，我下意识感觉到门里也是个盲人，想起一个门外的盲人向门里的盲人问路，真是荒诞！我不想问了，转身往来路走，门里的盲人问，谁？他摸到门，稀里哗啦地找把手，我加快脚步，怕他发现我也是盲人。走了不远，听他在身后嘟囔，这是死路。说得我背脊发凉，赶快上坡拐弯，疾走，生怕他开门追上来。等我重新找到石板路，心才踏实下来。

回到小晴茶室，她问我去哪儿了，这么晚回来。我说，去拜访山下的老和尚。她说，你还信佛呢。心乱临时抱佛脚而已。她漫不经心问，心乱，想女朋友了？我说，哪有女朋友，再说了，像我两眼一抹黑，谁愿意跟我呢？沉默了一会儿，她说，其实你把歌唱好了，自然会有姑娘爱上你。我不答，等着下文。等了一会儿，她说，听我给你讲个故事，是我妈讲给我听的。我有点失望，姑且听她讲些啥。

"文革"中，敬亭山有个王家村，村里有个盲人老王，其实老王才二十多岁，但因为眼盲整日拄着盲杖显老。话说老王自幼跟师父学会了吹拉弹唱，如果是旧社会，老王可以跟阿炳一样走村串户靠卖艺为生。赶上时代变了，民间艺人没了生存的土壤，老王只能在家里，闲着无聊弹弹唱唱，偶尔会有相亲婚丧嫁娶偷偷地请他来几段，不给钱的，顶多管上一顿好饭。

邻村也有个盲姑娘，父母是小学老师，很少出门的，碰上老王来村里唱，她就跟父母一起听，渐渐地跟老王搭上了话。一来二去的，姑娘常拄着盲杖来老王家听他唱歌，听着听着歌就停了，开始说话，说着说着话也少了，开始叹气，沉默。"文革"中群众的眼睛那是雪亮雪亮的，看过正常人恋爱，谁见过俩瞎子谈情，于是，老王跟姑娘在房间里沉默对坐的时候，窗户上挤满了大大小小的眼睛，门缝里，甚至后山墙上都贴满了耳朵。他们眼睛看不见，家里人可啥都看在眼里，让人笑话啊！姑娘的父母来把姑娘领回家，不准再出来。老王的爹妈也找了几个小孩看着门，不准老王再往邻村跑。其实老王心里明镜似的，公猪母猪可以配种，俩瞎子咋就不能恋爱。老王整日在屋里踱步，像个动物园里的黑熊。一天，他叫来看门的小孩，塞给他一块水果糖，让他去邻村传话给姑娘，某日三更村边香樟树下见，小孩把糖塞进嘴，转身跑了。老王想带姑娘一起逃走，他不知道她是否能懂，反正拼了。如果姑娘不来，大不了白跑一回。

　　到了约定的夜晚，老王背起家当，就是他所有的乐器，找出仅有的五元五角钱，提着盲杖摸到村边的香樟树下，那树的香气跟姑娘身上的香气一模一样。他在树下等，姑娘没有辜负他，另一根盲杖轻轻地触及路旁的草丛由远而近，姑娘来了。

　　王哥，我在这儿，两根盲杖轻触，心下都已了然。

这里不能活，老王开口说，咱俩要去个好地方，现在就走。姑娘摸住他的手，不说话，老王认为这就是默许。他命令她把手里的棍子扔掉，姑娘"哦"了一声，为啥？老王说，有我手里的棍子就够了，你拉紧我，我带你走。

姑娘很听话，一手握住老王左手，一手扶在他背上，他们悄悄地小心翼翼地下山。走啊走，树林里升腾起早晨的气息，村里的鸡一个传一个地叫起来，公路就在前面了。老王听到远处拖拉机"突突突"地开过去。上了公路，一直走到火车站，搭上火车，他们就可以去另外的地方。这时，姑娘停下脚，老王问，咋不走了？姑娘怯生生地问，去外地我们咋生活？老王拍了拍背包，这是胡琴、月琴，我靠卖唱养你，你就做我老婆，看别人还有啥可嚼舌头的。

他们又开始向前走了，但不像刚走时那样紧迫，幸福，马上就能摸得到了。

然而，走在前面的老王突然撞上一个东西，具体说是一个高大壮实的躯体，死人一样僵立在路中间。老王赶忙转向侧面走，又是一个人，摸上去满脸胡子挂着露水。再转，一个人背对撅着屁股，老王慌了，跟姑娘一起呆立在原地，不知发生了什么事。

一些"哧哧哧"的声音从紧闭着的嘴里憋不住地冒出来，接着是"扑哧扑哧"声，像洪水从堤坝的裂缝中拥塞喷涌，最后大笑像炮仗一样地炸响，前面几个死人活过来，笑得原地跳脚，拍着大腿，满地打滚，身后的笑声赶上来，两旁的笑声包抄上来。老王知道他跟姑娘中了埋伏，全村人出动在这里埋伏等着他们。女人尖叫着互相撕扯头发，年龄大的，笑得上气不接下气，咳嗽着马上要断气，小孩们喊叫着穿插跑动，还有人学着他们刚说的话，你做了我老婆，我靠卖唱养你！引来又一次哄笑。

老王跟姑娘紧紧靠在一起，像站在洪水中的一片孤岛上哆嗦着，等民兵叫来了他们的家里人，丢人啊！

父母分开人群，把他们强行拉开。

从此，姑娘被看在家里不许出门，老王房门被反锁住，村里的小孩扛着红缨枪日夜在门口站岗。村口还有大狼狗巡逻，有人夜里出来就狂叫示警。村里人说，当年日本鬼子都困死在炮楼里了，到如今还困不住你一个瞎子？

老王是个倔强的瞎子，被困了好多天，他在房子里不出声。等到那一天，腊月二十日大寒，大清早，老王打碎窗玻璃，对着外面大喊，我×你妈……一连喊了一百零八声，在人们还不知道发生了什么事情的时候，老王划燃整盒火柴扔到被褥上，上面已经撒上了他不知从哪儿弄来的柴油，火"轰"的一下燃烧起来。人们喊叫着四处找门钥匙，等到钥匙找到了，老王的房子已经烧成了个纸灯笼，房间里的胡琴、月琴琴箱爆裂，琴弦崩断，噼噼啪啪的，再不像是音乐。邻居们来不及救人了，隔壁房子也被牵连烧起来，大家大呼小叫忙着搬东西，到河边打水扑火，等到中午太阳转到头顶，整个村庄烧成一片瓦砾，全村人大哭着跺着脚咒骂：这瞎子心真狠啊！

故事讲完了。

我张着大嘴，半天回不过神来，这是眼前这个叫小晴的姑娘讲的故事吗？怎么如此似曾相识，像曾经反复做过的梦，连此刻桌上半杯茶的余温、昆虫撞击灯罩的啵啵声都恍惚发生过。栅栏门里那个说死路的盲人，也竟然缥缈起来。我心想，明天必须离开了，因为我听到了这个故事。我嘴上说，小晴，谢谢你讲给我听这么好听的故事，我要回屋了，困了。临了，还补充了一句，晚安。

夜里，最后一集连续剧上演着。我问小晴，可以摸一下吗？她不说话，我探索着，她的下面湿润温暖，是我梦想中的家，喝醉的人跟跄着晚归，轻叩虚掩的门，有灯光掩映，氤氲的水汽透出，门缓缓打开，我试探着迈进去，一间房子连着另一间，灯光变换颜色不断延伸，乳白橙黄湛蓝深绿暗紫，水汽越来越氤氲，最里面的房间关着灯，传出水唱歌的咕噜噜声，水正欢乐地蒸发成云朵，我们一起驾云飞上去，落下来再飞上去。我问她这是梦吧，她说，不会的！

第二天黄昏，我背起吉他，拿上盲杖向小晴告别。我说，要继续工作去了，去下一个城市卖唱。小晴笑说，我知道你住不长久的，好好唱歌，争取早日上春晚啊。我心里凄惶，想对她说，亲爱的，别一个人住山里，晚上多寂寞啊，但话在肚子里转了几圈没说出口。我迈下第一个台阶，盲杖指向下一个台阶，小晴说，小周，啥时结婚一定通知我。

我一个个台阶地走下去，城市的喧嚣从下面迎上来，还有我看不见的红尘灯火照亮山林，这时我听到她在山上拉长声音喊，星——期——一。这是我的艺名啊，我停下脚，蟋蟀也停止了鸣叫，不知发生了啥事情。静默片刻，她又喊，星——期——一。整座山被她嗡嗡地喊成了个大教堂，我想，有个女子在半空里喊你呢，在云彩上喊你呢，这是在做梦吗？

我的腿磕碰在路旁的石头上，疼痛自下而上，把我身体一针一针重新缝补起来。疼痛叫醒我，这是现实，石头一样真实的现实。

2014 年 1 月 20 日写于大理

少年心事

　　那年我十五岁吧，家里实在太小了。五口人挤在一间十七平方米的小平房里。门外是窄窄的马路——铁西区有名的小五路。有所期盼的胡同姑娘，经常站在十字路口，三三两两地聊天。路灯亮起时，大老爷们就光着膀子端个大澡盆在家门口搓澡。

　　放暑假了，实在没地方去，我有时会找个借口回到空空的学校里。放假前，我们都是住校生，所以假期中，说落下什么要用的东西回教室或者回宿舍去取，都是被允许的。有时见到值班的老师就说，家里太吵，在学校复习一下功课。老师还夸我爱学习。

某次，地震了，我坐在教室里摸书，忘了介绍，盲人读书要用手摸。地震开始，听到一百辆拖拉机由远而近轰隆隆地震动起来，然后教室窗户上的玻璃哗啦啦地响，手里摸的书也变得哆哆嗦嗦。但是我不怕，地震总算个新鲜事情，比挤在家里好。地震结束，学校里值班的老师吓跑了，好像整个教学楼就剩下我一人了。

我发觉自己正在勃起，有可能是被地震波冲击的，少年人勃起那真是直起腰走路都困难。我挨个教室乱窜，翻女生的书桌，偶尔能找到一块小手绢，放到鼻子下还有点余香，其实盼望能找到比手绢更狂乱的东西，但又说不清。隔着三十年的时光，我点破一下，估计想找卫生巾，那是跟勃起最亲近的物件。后来，我萌发了更恐怖更快感的念头：女厕所。女厕所，经常是我们临睡前窃窃私语的重点话题，有时周末打扫卫生，会被指派进去擦玻璃。回来大家总结经验，女厕所跟男厕所味道不一样，而且没有小便池。我在寂静的走廊上徘徊了很久，进了女厕所，人生就彻底改变了，不知道改变后的那边是什么，如被人发现，我会被开除，在全校同学面前做检讨，我爸会很不齿地扇我几个耳光。然而，身体里那团火，烧得一切后果都无所畏惧。摸到女厕所门前，我还警惕地敲敲门，问了一声：有人吗？问完，我自己都笑了。

那门是个弹簧门，推开进去，门吱呀呀地自动关上了，罪恶之门断了后路。因为长期没人用，里面已经没啥特殊的味道了。我仔细一步步地走，跟探雷似的，手一尺尺地摸过去，果然没有小便池，窗户关得紧紧的，窗旁是惊心动魄的一个个蹲位，光滑有着弧度轮廓的搪瓷挡板，小小的像一艘船似的蹲坑，里面中心处有个圆圆的旋涡一样的洞。我的整个身心都被卷进那个小洞里了。我把勃起的器官掏出来，喷薄狂喜痉挛再痉挛。

喷薄结束，现实又呼啦啦跑回来了，沮丧、羞耻、恐惧，我堕落成这个熊样了。中央电台广播员正义凛然的声音在我心底响起：手淫会影响记忆力，直接影响你的学习，一滴精十滴血，你身体也会垮掉的……隔壁师范学校星光诗社的女生再来找你，你还有脸跟她们说话吗？

接着我想起窄小的家，没有前途的将来，没办法克制的淫行！我解下了裤腰带，挂在窗户把手上，挽了个圆环，把头伸进去，两腿一缩，头"轰"地膨胀起来，血在头皮下绷紧，好像参加运动会，周围有人齐声高喊：加油！加油！感觉意识接近模糊的边缘时，外面传来一声鸡叫，黄昏中，怎么会有鸡叫？是那种黎明的报晓鸡鸣声。我一好奇，腿站直了，血又回到了心脏里，算了，系上裤带。

裤裆里，冰凉冰凉的。操场上，有墙外飘来的晚饭的香气。生活啊，就这样吧，回家！

那时我十五岁，怎么也没想到，三十年后我活成了个老光棍儿，困惑、焦躁、冲动，它们也跟着我长大了、老了，暮气沉沉，白色火焰转成暗红，快烧成木炭了，炭火里放上几个土豆，土豆皮烤焦的味道混合着情、爱、罪、欺骗、狂躁、猥亵、盲目、恐慌……长长的大半生的时间如烟如灰。

又到鸡年了，想起鸡曾经救过我一命，谢谢鸡。希望你在幽冥中多叫，大声地叫。

初稿写于 2015 年

2017 年 1 月 26 日完稿于大理

飞行故事

　　大理的机场，亲切得像我们村口的长途汽车站，办登机手续的时候，工作人员经常会跟我唠唠家常。

　　这次过安检，检查完毕，小伙子问我，熊熊怎么没来？熊熊曾经是大理机场第一只乘机的导盲犬，当时听说它要乘机，整个机场都动员起来了，拍照的拍照，摄像的摄像，一路前呼后拥、众星捧月一样，把我和熊熊送上了飞机。我和安检的小伙子解释，这几天总下雨，熊熊不便出门。

过安检后，专门有机场地服小姐送我去登机口，她把我安置在座位上，临走时冒出一句话，我妹妹可喜欢你了。没等我反应呢，"嗖"的一下就没了。

登机后我被安排在经济舱第一排，这里相对宽敞，离洗手间比较近。

起飞后，我小睡了一小时，醒后空姐过来询问是否去洗手间，说她可以带我去，我感觉稍微有点便意，但三个半小时的航程，这才刚刚开始，还是再憋一憋，争取解决一次，全程无忧。等吃过饭、喝完饮料，空姐收拾走餐具，又问我，去不去洗手间？这时，便意稍重，但我想再等等，是不是憋尿也能被别人觉察到？空姐过一会儿又问我，别怕不方便，可以带我去洗手间。看我还不想去，空姐拿来一瓶矿泉水，你喝点水，盖拧开了，水倒出去了一些，这样你打开瓶盖的时候水不会洒在身上。服务真好，我"咕咚咕咚"地把一瓶水都喝光了。空姐高兴地过来说，这回可以上洗手间了吧？我说，是的，水到渠成了。

飞机落地，我要最后一个下机，等待地勤人员登机引领，还是那位空姐问我，你背的是吉他吗？是啊。那你给我们唱一段呗。那你给我免票啊。这个我说的不算，下回等头等舱有空位，我给你升舱。哎呀，我觉得和空姐斗嘴很好玩儿。等了很久，地勤人员才到。

再见，再见，再见。

我扶着地勤人员下舷梯了。他还要把我交接给下一位地勤人员带我出机场。这个机场特别大，他说，工作人员已经出发了，但是要走十多分钟才能到这里。我们站在大厅入口，十几分钟后，他说工作人员还在路上，估计还得十几分钟，机场太大了。我说，没关系。

我觉得刚才的飞行很愉快，对于这里遇到的一点点延迟，并不太介意。继续等，我保持一个站桩的姿势，气定神闲，心如止水，感觉自己都快入定了。然后静极生动，我觉得我走在一大片空场中，去某个地方，这个空场几乎没有线性的路，没有什么参照，没有可观赏的房屋和树。走了半天，感觉跟原地踏步似的，可要去某个地方，这是必经之路，这虽然无意义，但就是要穿过这片无意义，我们能消受这空旷的无意义吗？

不想前也不想后，不升华也不懊恼，像个白痴一样，我就站在那里等着，等得他都有点不耐烦了，拿着对讲机呼唤，你们也要考虑一下乘客的感受。对方好像在忙不迭地道歉。可能已经过去半小时了吧，有个姑娘气喘吁吁地跑过来，她就是要带我出机场的服务人员，刚才上飞机找我去了，然后又追了过来。

他们进行了简单地交接，我开始了下一段机场内的长途跋涉。这姑娘也跟我解释，这个机场太大了，她每天走来走去的，觉得很能锻炼身体。刚开始，我扶着她的胳膊，走了会儿，她停下说，你扶我肩膀好吗？那当然也很好。原来她要一边走一边写点东西。

我说那我们就停下来，你慢慢写。那接你的人会着急的，我们还是边走边写。她问我，您的年龄？我答，四十七岁。职业？我答，歌手。我稍后又追加了一句，诗人。这姑娘的肩膀轻轻地抖动了一下。婚姻状况？我说，啊？这也要填啊？她说，有这一栏，也可以不填。我说，离异，现在单身。她说，你来这儿是演出吗？看你背着吉他。我说，来参加一个关于鲍勃·迪伦的研讨会。她"噢"了一声，很多人都很关注鲍勃·迪伦。我说，是啊，缺啥补啥嘛，接着惊诧地反问，你听过鲍勃·迪伦？她没接我的话，这时我们要乘坐直梯下楼。

"叮"，电梯门开了；"叮"，电梯门关上了；"叮"，电梯门又开了。这个机场实在太大了，这才走了一半啊。那你是以诗人的身份还是以歌手的身份谈鲍勃·迪伦呢？我说，不知道，就掺和着谈吧。我给她讲在她到来之前已经等了半小时，走了这么远，刚知道才走了一半，这个飞机场大得让我怀疑飞机是提前几里地降落的。她说，不是提前降落，你坐的飞机停靠的是最远的停机位。我跟她说我想起了一本小说，很像我此时的处境。她说，是卡夫卡的《城堡》吗？我说你这个更准确，但我刚才想到的是波拉尼奥的《2666》，那是一本比世界本身还庞杂的漫长的书，漫长得我都不敢从头再看一遍，有时候会从中间的某一部分重新阅读，或者干脆读读结尾，站在结局的制高点，回望全书一个个人物重重叠叠的命运，有种站在景山上俯瞰北京的感觉，这是我想象的。她说，不错，你的想象很真切。

我的腿还在机械地走着，就像在给我们的谈话打拍子，四二拍，强弱、强弱。她问我，你听说过鲍勃·迪伦那些尚未完成的作品吗？鲍勃·迪伦曾经想写一首歌，《不要把我的骨灰撒在犹他州》，1915 年，有个工人运动领袖乔·希尔被人诬陷犯谋杀罪，他本来有不在场的证明，但那个时间他和某女士在一起，他不想说出那女士的名字，暴露他们的隐私，就为了这个，他不能证明自己不在凶杀现场。当时全美国的工人、农民都上街游行声援他，但是犹他州无视这一切，还是判他死刑。在死前，他说的最后一句话是，别把我的骨灰撒在犹他州。鲍勃·迪伦一直想写，但至今好像还没写出来。我说，他身体好像还挺好，有生之年我们应该能听到这首歌。

鲍勃·迪伦还想为契诃夫的小说写一张专辑。我很惊讶，是吗？契诃夫是我的最爱，如果有这么一张专辑，那一定很有意思。歌的名字分别是，第六号病室、套中人、带阁楼的房间、古塞夫、万卡，或者还有草原。她说，是啊，想起来就觉得温暖，不过我更喜欢莱昂纳多·科恩，听鲍勃·迪伦就像隔着桌子跟他对话，而听科恩，你觉得他是躺在床上和你耳语，带着一点点的困倦和梦意，窗外下雨了，亲爱的，该睡了，亲爱的。

我由衷地赞叹，这个机场不仅仅大，还藏龙卧虎啊，这姑娘完全可以去写乐评，或者跟我一起坐在剧场里对谈。都谈了这么久了，走在无边无际的机场大楼，感觉像德国军队进入苏联，兴奋、绝望，最终还是兴奋。这么好的聊天，走上几天几夜也不累。

我们又说了很多，关于莱昂纳多·科恩的女友玛丽安、苏珊、好莱坞的大明星，还有他的死，在睡梦中结束，多么完满！Who by fire 翻译成中文到底是"谁在火的旁边"，还是"谁遭遇火""谁死于火"？只是一句歌词的翻译，就可以消磨我们一整天的时间。

聊啊聊，脚打拍子从四二拍变成了四三拍。四三拍是最稳定的拍子，不再向前，原地转圈，嘣嚓嚓、嘣嚓嚓……如果这个机场再大一些，本来可以天长地久、天荒地老，可是这个破机场"咔哧"一下走到了头。接我的人在前方晃着小旗高喊，周老师，我们在这儿。

那个差一点儿陪我走到天荒地老的姑娘快速地请接站人签字，对着对讲机说，特殊旅客送到了，交接成功！

难道这就结束了？我真想和她追加一句，其实我更喜欢科恩，我想躺在床上和你说话。

2017 年 8 月 13 日写于北京

沙溪

沙溪的下午，小银匠在路边"叮叮叮"地敲打着银器。我用盲杖敲打石子路，听着流水声一路走上去，找到了预订的客栈。

老板娘很隆重地在门口欢迎，挽着我进了房间，亲自为我铺好床铺，手把手地指引我卫生间、热水壶、电热毯的方位。

我从客栈走到四方街，再走回来，反复几个来回，心中大体上有了沙溪的轮廓。

为啥一个人从大理来沙溪呢？找内心的宁静吧。可这里太安静了，整个小镇都好像在睡午觉，内心的火苗子反倒烧得更欢实了。这时，遇到了一根柴火，一个从西安来的姑娘，刚写完毕业论文，出来旅行。她说看过我的现场演出，也算有一面之缘了。

她拉着我出东寨门，外面是条江，她叫我用脚感觉一下，是不是地上全是沙子。果然，有点沙滩的感觉。这旁边是条江，其实很窄，也就是一条溪水。所以，这地方叫沙溪。

沙子踩过了，她把我带上了一座浮桥。她把着我的手说，摸摸桥上有栏杆，别担心。然后她扶我上桥，一步一摇，加上风大，像走在云彩上。过了桥，是个本祖庙，里面儒、释、道各路神仙俱全，她拉我要挨个拜，说漏掉一个，神会不高兴的。小姑娘真是精力旺盛，出了庙，把我又拉进了庄稼地。冬天的田地还没有开始播种，地里都是干枯的麦秸

草梗，走在田埂上，就像走上铁路，一个个的田埂
迈过去，迈的步子太小太大都会一脚踩空掉到沟里。
她让我从身后扶着她的肩保持步伐一致，就跟小时
候玩开火车一样。她的肩膀瘦瘦窄窄的，我们开着
两个人的火车，又小心地过了一个一尺来宽的独木
桥，终于走到西寨门。

晚饭了，可选择的吃的很少。我们找到一家东北
人开的酒吧，里面有手工饺子。我们要了两份饺子，
一大杯葡萄酒。干杯，叮地碰了一下。她介绍自己要
毕业找工作，想来云南开个书店。我说，这不现实，
这里谁买书支持你呢？她说，她爸爸也这样想，爸爸
因为她独自来云南都不理睬她了，在他们心里，一个
女孩子独自去外乡是很危险的。她才不怕，也是老江
湖了，一路上尽量搭顺风车，跑长途的司机可爱拉小
姑娘了，有时还会主动请吃饭。饺子分量很少，酒也
不咸不淡的。我们决定再换一家。

小镇外有个清真餐馆，是当地人吃饭的地方，比较实惠。我们要了碗红烧牛肉，一盘子凉拌牛筋，我要了一瓶当地产的坝子酒，小姑娘和我推杯换盏，开怀畅饮。我说，对，就是要跟着自己的梦想走，别管老一辈的看法。我发现，几杯下去，我主动地脱离了爸爸们的阵营。

我问，总在外旅行，就没遇过啥危险吗？她想想，说有一次，很惊险，她在一户人家借宿，本来以为全家人都在，可到晚上，只留下那个白天刚认识的中年男人。睡觉的时候，她发现房门没插销，到半夜，满嘴酒气的男的闯进来，直接扑上床，她很冷静，喊是没用的，打也打不过。她说，她就躺在床上，看着他解纽扣，平静地对那个中年男人说，本来我很相信你的，觉得你很淳朴善良，你这样做真让我失望。听到她这样说，那男的傻了般愣了一会儿，然后就出去了，吓得她一夜没睡。天刚亮，她就跑了，书包都没来得及拿。

　　讲完，我们碰杯，是挺惊险的，我夸她，这招是跟诸葛亮学的吧，不过你没遇到真的坏人，还是要小心。我发现，自己的语气又很爸爸们了。她说，你也讲个自己的故事吧，她不称呼我为周老师了。我讲了个很励志的故事，鼓励她勇敢地去追逐梦想。她听得有点心不在焉，说男人过了三十岁就不懂爱情了，三下两下就要骗人上床。听见这话，我偷偷喝了一大口酒，我都四十岁了，有点手足无措。

　　出了饭店，我们又进了一个客栈，院子里，有人在弹三弦琴，她让我也弹一个，可我有些喝晕了，总是调不准弦。出了客栈，她提议去江边走走，她笑说，老师你怎么边走边晃悠啊。我想，上了这姑娘的当了，自己先要醉了。她说，此刻天上的星星可真多，还能看见银河。我问，银河啥样子？她说，就好比银镯子，一晃一晃地挂在天上。我又听到中午银匠在路旁"叮叮叮"地打制银器的声音。她说，星星你能听到，是有声音的，风铃一样细碎地羞涩地小声说话呢。我握紧了她的手，小小的冰凉的一团。她举起我的手，那边有一颗红色的星星。我说，是火星吗？那边还有一颗蓝色的。我说，是地球了。老师，您喝多啦。

到半夜了，我们相互搀扶着往回走。我也是学医的，听说老师学过按摩。我说，是的。她学的是西医，但对中医很感兴趣，还研究过《黄帝内经》《濒湖脉学》，她的梦想就是做个乡村医生给人针灸治病、行走江湖。那老师，咱们一会儿切磋一下。

高中时，我跟同班的一个女生早恋，周围都是目光雪亮的明眼人，只能偷偷地传字条。有一年，开推拿课了，要男女生分成小组，进行临床演练。大家抽签，选临床同伴，结果我和她分在一组，真是感谢天老爷，幸福得无以复加！我可以光明正大地握住她的手，合谷穴、鱼际穴、劳宫穴，那么多可爱的穴位。她的脸，细嫩的，抹着大宝的雪花膏，迎香穴、印堂穴、颊车穴，按上去手指头也是香喷喷的。她的后脖颈风池穴、大椎穴、肩井穴，按住了，就娇怯怯地喊疼。她原来是短发，像小动物的绒毛，暖洋洋的，起伏荡漾。我的胆子越来越大，有一天推拿足少阳胃经，从足三里向上按过她的外膝眼，再向上，大腿再向上，快到达那个惊心动魄的弧度了，她的小手等在那儿，像一位小母亲安抚一个调皮的孩子，按住我的手，慢慢地阻挡住，责怪地捏一下拿开。

鸟儿叫了，天亮了，我从醉意中挣扎着醒过来，嘴巴里苦苦的，舌头耷拉在腮帮子上，摸上去像厨房里的干抹布。爬起来，拧开可乐狂喝了几大口，才感觉重又回到人间了。沙溪，小妞，星星，后来呢？断片了。我们在房间里做了什么了，还是梦境？可是那么逼真，那个弧度还有阻挡，不知道。我想，自己真是老了，现实与梦境都区分不开了。

上午，我坐在四方街的阳光下卖呆儿，小银匠在对面敲打着他的生意，催眠得仿佛老钟表，嘀嘀嗒嗒。那个女生从阳光中浮出来，老师，我要去香格里拉了，马上去公路搭车。我庄重起来，哦，现在走吗？对，您多保重，有空去大理看您。那好，再见。我很想问，昨夜我们切磋了吗？是梦境，还是真实，但怎么说出口？这么短的告别，来不及措辞。再见，阳光下她的手掠过来拍拍我的手。

上午的沙溪，小娟在房间里的一个小音箱里唱歌：我的家是他圈起的一块小地方啊，到处都是青草，全部是绿的。对面的银匠，老僧禅定一般敲打着他寂寞的生意。我为什么来沙溪，心中的火，煨汤一样，半死不活地烤人呢。

我需要的不是宁静，我要一个能抱在怀里的姑娘，所有的经络汩汩流淌，穴位温热跳动如心脏。而我来到这么个文艺宁静的沙溪，喝咖啡，听音乐，谈人生，但是心里长草，焚心以火呀。

2014 年写于大理

遇见阿炳

我站在无锡运河的清名桥上，等着阿炳到来。他一定会来，根据史料记载，他经常路过这里。

盲人上桥，要小心地扶着桥栏杆，我靠在栏杆上，等着他撞到我。如果他扶着对面的栏杆上桥，我也能听到他盲杖敲打石头阶梯的声音，一样可以拦住他。

某天，空气里有炊烟的味道了，大概是吃晚饭的时候，我终于听到盲杖敲地的哒哒声，缓慢的节奏，均匀地由远及近。阿炳来了。

我站着不动，先闻到浓烈的烟草味，那种有点发霉的臭烘烘的烟草。紧接着，阿炳的盲杖戳到我脚上，他很敏感，即刻停下来。我说，您好，阿炳。

他静止了一会儿，问，老先生，在这里，等我，有何吩咐？

我说，我也是个盲眼人，专程在此等候，想跟您说说话。

阿炳"哦"了一声，你是从苏州来的吗？我发觉，他不称呼我"您"了。

不是的，我从北方来。

我听说，苏州最近出了个盲眼算命半仙，我以为你是他。那我认错人了。

冷不防，我的身上"啪"地挨了一棍子，是阿炳打的。我还没来得及发火，就听阿炳解释说，原来你真是个盲眼人，如果是装的，早躲开了。得罪得罪！北方，听说不大太平，你来这里讨生活吗？是算命还是卖艺，不会是讨饭吧？

我说，都不是，就为了见见你。

阿炳又"哦"了一声，前一阵从北方来了个大学里教书的先生，请我拉段胡琴，他说可以收到留声机里，你知道这个人吗？

我说，我知道，他是不是叫杨荫浏。

阿炳又"哦"了一声，你竟然知道他姓甚名谁？估计你来路不凡。那你是做哪个行当的，找我有何贵干？

我也是唱曲儿的，跟你同行，但不会拉胡琴。我弹的是上海舞厅里洋人弹的那种叫吉他的西洋乐器。

阿炳说，知道，我在留声机里听过。那有机会，要当面请教一下了。

我说，这次吉他没带在身边。阿炳，你那个曲子，可有名了，就是那个胡琴曲《二泉映月》。全中国家喻户晓，甚至流传到外国了，成为了世界名曲。

阿炳说，那个曲子，被叫作《二泉映月》了？我说，是的。

他咂摸着，二泉映月，二泉映月，名字怪好听的。不愧是大学里教书的先生。怎么这么快？才几个月前的事情，还传到外国去了，我不信。你在消遣我。

我叹口气，跟你说实话吧，我说的，是几十年以后的盛况。《二泉映月》的确传遍天下，并且成为二胡第一名曲。大学里要学的，收音机里经常播放，甚至剧院里也经常演出你的这个曲子。凡是中国人，都知道瞎子阿炳。

阿炳没马上搭腔，他摸了摸我的肩膀，捏了捏我的胳膊。你说，几十年以后，那你怎么会知道的？你是从山里下来的神仙吗？

我说，不是的，我也不知道怎么来的。你就把这一切理解成托梦好了。听过《游园惊梦》这出戏吧，就是那个意思。

阿炳又"哦"了一声。我说，阿炳，《二泉映月》

真好听。后来的人们说，那是你逛妓院时听到的妓女的迎宾曲。是这样吗？

阿炳说，后来人知道我逛妓院？

对，还知道你吸鸦片。

阿炳有点遗憾，后来人啥都知道！

那个曲子，是我的一个相好，夜里为我唱的哄小孩睡觉的小曲儿，她是从她妈妈那里听来的。我们每回，做完那事情，她就给我唱一段，后来，她不知道去哪儿了。我就把这曲子拉成胡琴曲了。看起来，你们后来人也不是啥都知道。

阿炳兴奋地打听，那我以后是不是很有钱？我的曲子这么有名，一定会赚很多钱的。

我没回答。

等了一会儿，阿炳沮丧地询问，是不是我没活到你说的后来。

我叹口气，大概是这样。

阿炳自言自语，瞎眼人命苦啊！这几天，家里都快揭不开锅了。想抽口好烟，如今新社会也不让了。好苦啊。老先生，有余钱可帮帮我吗？

我说，我过来，带不了其他东西，即使带着钱，你这时代也不认。

阿炳骂了一句脏话，那你他娘的，来找我干吗？说着转身要下桥走路了。

马上，他又停下来，问我，那老先生，是否能告诉我，我什么时候死的？

根据他录《二泉映月》的时间推算，他不久于人世了，但我没说。我说，你大概还有二十年大运。

他好像还不太满意，说，就只能活二十年了。那我要抓紧找点乐趣了。

他又想起一个问题，你们后来的盲眼人容易寻堂客吗？你有过几个女人？

我说，不如你。后来的盲眼人，很多都找不到老婆，比如我，现在还一个人过。我们私下里很羡慕你，吃喝嫖赌花天酒地过。

阿炳听了有点怅然，这有啥可羡慕的，把家产都败光了，还染上一身脏病，没了眼睛。

接着他又有点得意，不过，盲眼人一辈子要是没个女人在身边，那就更苦了。老弟，你日子过得还不如我呢。看起来活到你那时候，也没啥可羡慕的。

阿炳顿了顿手里的盲杖说，好了，走了，女人在家里等我开饭呢。家中寒酸，就不有劳尊驾屈驾舍下了。

他好像又想起来一个问题，回身问我，后来人知道我有几个女人吗？

我说，好像有个关于你的电影，说你有个小师妹，长得很漂亮，被流氓恶霸霸占了。

他哈哈笑起来。后来人真可笑，我以为你们啥都知道，比我们聪明很多呢。原来后来人这么傻。我还有个小师妹，我是不是还有个女学生？告诉你，我的女人有——，他停住话，心里好像在计算着有多少。算了，不说了，反正比你多得多。再见，回你的后来去吧。

阿炳接着悠悠地半说半唱吟哦着，我知道你是谁，你们说的那个《二泉映月》，我拉了半辈子，那个曲子里装着所有过去未来盲眼人的故事。你的命也在那里面。

你叫周云蓬，号称是你那时候的阿炳。你的歌，还可以凑合听，不过没太大的根气。你出了点小名，就整日躲在房子里，缺少与人纠缠的姻缘，没见过啥世面，也就做做白日梦，所以才梦到我。我也知道你的结局——

没等我问，阿炳自己滔滔不绝地说下去。你，死在台上，某次唱曲儿激动过度，撒手撂下琴，一头栽倒。走得挺凄凉的，身后也没个女人、小孩哭你。

阿炳一边说，一边敲着盲杖下桥了。

我琢磨，他怎么会知道我的未来？这不乱套了？难道在梦里，一切都可以发生。我朝着他走的方向大喊，你活不了一年了，赶快回家准备准备后事吧！你死后，你老婆也饿死了。

阿炳没理睬我，或者干脆没听见。

我想，盲眼人都挺狠的，能活下来，全靠这一股狠劲。他那么说我，想让我绝望，我这么说他，也是这个心思。

一个瞎子把另一个瞎子推下河，解恨！

要不然，这破日子，该怎么熬过呢？

2019 年 7 月 5 日写于大理

天空之城在哭泣

这些民谣歌手火起来的原因究竟是什么？我才不相信他们在媒体采访上说的鬼话呢。

据我明察暗访，他们有一些不为外人了解的秘密武器，有人演出前，要吃一大盘折耳根，如果恰巧没有，那他就不演；有人要打坐，神游物外，再聚精会神上台；有人演出前要点一炷香，心如止水、气沉丹田；有人要听新闻联播，等天气预报的音乐响起，凭借这强大气场一跃上台。周云蓬呢？这次"苦瓜音乐节"，我主要考察他。

该老周上台了，我举起望远镜，从头到脚仔细观察。他用的吉他是七根弦的，加拿大的第一吉他品牌Godin。脚上穿的是马丁靴，无聊，唱民谣的，应该穿唐装汉服，飘飘欲仙的，多有范儿。帽子，喔，不戴绍兴乌毡帽了，换了顶莱昂纳多·科恩常戴的费多拉软呢帽。没啥新意。

不对，老周今天唱歌的声音有点不同，明亮宽阔，吐字清晰，有点水音儿或者金属质感。我的望远镜聚焦在他的麦克风上。哇噻，他竟然用的是世界顶级话筒钮钴禄氏。这款话筒，我只在网上见过，第一次现场听到它的音质，果然非同凡响。我再仔细观瞧，话筒通体乌黑，闪闪发光，这是钮钴禄氏的最新款，电容跟动圈结合，话筒有专门的指向性，人声传达得真实明晰，周围的乐器声、环境声自动屏蔽。我越看越心惊。哎呀，我要有这么一个就好了，哪怕女友立刻要分手，也在所不惜。可是，太贵了，我街头卖唱，就算不吃不喝，也得攒上半年的钱才买得起。

我没再听老周唱什么，神不守舍间，他演完了。舞台后，有几个临时搭建的帐篷，那应该是后台休息室。他跟乐队进帐篷里，估计在收拾设备。我的钮钴禄氏啊，我心痒难耐，就像看到自己心爱的姑娘，跟别人躲进帐篷里一样。我在帐篷外徘徊不去，想等老周出来问问他，钮钴禄氏话筒哪里买的，有打折的吗？忽然耳中传来山呼海啸的呼喊，民谣一哥要登台了。

帐篷里的人一股脑儿涌出来，连看门的志愿者也急匆匆地奔入场地，最后老周跟他的乐队也一起离开了。我刚想转身找个好位置看演出，忽然想起人都走了，钮钴禄氏还在帐篷里，千载难逢。这念头冒出来，吓了我一跳，转念又想，"窃书不叫偷"，那窃话筒也是因为爱音乐，也不能算那个啥，况且"天予弗取，反受其咎""量小非君子，无毒不丈夫"，有这么多名言垫底，我的胆气壮了起来。

干！

这时候，全场正在跟台上的一哥大合唱"天空之城在哭泣"，就是这句了，仿佛为我的壮举配乐。

我踩着节拍闪身进入帐篷，里面无人，老周的琴包立在角落。我扑过去，拉开琴包的拉链，上面没有，再拉开下面的，钮钴禄氏赫然出现，向我微笑呢！我回头，没人进来。我抓出话筒，迅速塞入背包，顾不上拉好琴包拉链，准备转身出帐篷。等等，如果有人在外面看到我，询问我干什么的，怎么办？对了，就说我想找老周签名。外面，全场的注意力都在舞台上，根本没人看我这边。马上走，不行，一哥演出，根本无人退场，如果我这时走，一定会给门卫留下印象，等到事发，查起来，后患无穷。想到这儿，我一头扎进沸腾的人群中。此时，全场又在唱"天空之城在哭泣"，我也扯着嗓子一起唱，心里怜悯老周，你一会儿就要哭泣了。

我带着钮钴禄氏世界顶级话筒，大街小巷地唱，表面寒酸，骨子里奢华无比，唱歌也有信心了，很多围观的女生说我唱《不会说话的爱情》比周云蓬更撕裂。是啊，我唱的时候，想着如果老周知道我偷他的话筒，还唱他的歌，那还不跟我仇深似海！所以，"我们最后一次收割对方，从此仇深似海"，我唱得格外伤痛。

我天天蹬三轮车，路过这里，总能遇到这个卖唱的，唱得贼难听，还有很多小姑娘围着他，有机会我一定找碴儿削他一顿。

今天，老妈把家里的话筒弄坏了，她用我给她买的家庭影院唱《青藏高原》，最高音处，"嗷"的一下，把话筒唱爆了。没办法，现在去旧货市场，花十块钱给她再弄一个。老妈就这点乐趣。

那个卖唱的还在唱啥仇深似海，一大帮小姑娘围着他，跟香饽饽似的。我扫了一眼，气不打一处来，地上的书包里装了不少钱，还有十块的，我辛辛苦苦蹬三轮一个月还没他赚得多，他天天仇深似海就能来钱，干。

等一下，我单脚撑地，停住车，树旁戳着他的破琴，琴包敞开着，里面是他刚放进去的话筒，他正跟小姑娘们合影呢，还指手画脚说啥哑巴的爱情。哼，我手疾眼快，把话筒拽出来，放车筐里，骗腿上车，两个转弯，回家了。这下好，省了十块钱，给老妈弄了个话筒，让他再唱仇深似海！越想越高兴。

我就喜欢唱红歌，儿子孝顺，给我买了一套家庭影院，天天唱，身体好。昨天麦克风坏了，这不，儿子又买了一个。等我试一试"烽烟滚滚唱英雄"，挺好，声音很大。"一送那个红军"，不错。再试一试《青藏高原》，"那就是青藏高高高嗷嗷原"，没坏，真不错。这个话筒就是有点难看，黑不溜秋的，不过总算是儿子的一片孝心，等明天叫上老姐姐们一起来家唱。

我是周云蓬，参加"苦瓜音乐节"，把我在纽约买的世界顶级话筒钮钴禄氏丢了。心疼啊！不过，应该感谢折磨你的人。看开些，偷这个的保准是个内行，没准还是个歌手，希望他或者她用这个话筒好好唱，唱出美妙的声音，那亦是好的。

说到这儿，我怎么感觉自己像胡兰成。其实我心里想的是，偷我话筒的人，唱歌越唱越难听，一辈子找不着调儿。

2017 年 11 月 11 日写于大理

养老院

这是很多年后的事情了。

我们在这儿，等待人生最后的一次远行，就算是候机大厅吧。

死不死啊？广播里用英汉两种语音反复播放，热爱生活、积极向上的，可以优先死；悲观厌世看破红尘的，请耐心等候。那些普通人大呼小叫，我要死，该我了，涌向登机口。另一些头等舱或特殊旅客，悠闲地玩着手机，坐在椅子上，不为所动，喊也没用，我们不先死，你们就只能凑合活着。

"老不死"养老院的设计灵感来源于肯尼迪机场的候机大厅。

对了，我们这儿不直接说死，而是说登机。比方说，老周身体不行了，估计这两天快登机了；小河抢救过来了，由于天气原因，航班延误。对于那些登机的养老院成员，有严格的哀悼仪式，要一起有节奏地鼓掌，还有约定俗成的挽歌——左小祖咒的《我不能悲伤地坐在你身旁》。我们的牙齿都掉光了，干瘪的老嘴里咝咝啦啦地传出：我不能，悲伤地坐在你身旁。真是很暗黑哥特，这会让快死的人觉得生无可恋，死并非那么可怕。

住在 101 房间的左小祖咒，想当年是摇滚师，现在患有老年痴呆症。他这一辈子都是个大疯子，所以，他的老年痴呆症的症状是宁静致远，冷不丁说出一句话总会暗合天机。一次他说某某如日中天的智能机器人歌手要出大事儿，结果不久，那个机器歌手在翻唱《苦鬼》的时候，突然自我短路起火，这个事件标志着智能机器人跟人一样也会悲伤，以致自杀。

外面的世界早就忘了我们这些老艺术家了。智能机器人歌手全面取代了人肉歌手。观众也智能化了。你的音准，即使有十八分之一的偏差，人也能听出来，并且要投诉退票。节奏都是用光学秒表计算的，快或者慢一点点，都会引起强烈的不适感。

只有在我们的养老院里，我们还是歌星。比方民谣一哥的窗前，朝九晚五都会有服务人员，大概五十个，高喊一哥一哥……喊到他隔壁的左小祖咒投诉为止。我们还邀请他为全院老人做了一场有关"后现代养老院制度化科学管理团队建设"的报告。那真是盛况空前，挂着拐棍的，坐着轮椅的，高举着助听器的，挤满了全场。他登台了，他只讲了一句话，情况属实。然后就鞠躬下去了，全场报以雷鸣般的掌声。

下面介绍一下我们养老院的地址——爱丁堡附近的北伯威克。那儿有很好的海滩，海滩旁有一所海鸟博物馆，海滩上还有一家精酿啤酒馆。养老院的酒鬼们，经常偷偷出来喝点解馋。山坡上有一所老教堂，教堂的墓园里埋葬着几百年前的天主教徒。

我们也要建自己的墓园，名字叫作"老不死墓园"。图纸刚出来，墓地就被抢购一空，张玮玮甚至订了两个，说给郭龙留一个。哥儿俩从小一起混街面，年轻时一起唱歌，老了，挨着长眠，这才叫生死之交。

我们受启发，开发了一项崭新的社区游戏：举行葬礼玩儿。

比方说，今天我是主角。养老院大清早所有钟声同时敲响，这昭示着有人去世了。大家纷纷出门打听，谁登机了？是老周。有痛哭失声的，有破涕为笑的。"致丧委员会"马上成立。

葬礼当晚在"老不死大礼堂"举行。我呢，安详地躺在主席台上，身上盖着"老不死"LOGO。先是主持人致悼词，叙述了我黑暗的一生，一生功过就跟年轻时演出票房分成差不多，三七分。然后播放《九月》，全体默哀。主持人功课准备得不好，说我的《中国孩子》是2010年发表的，我实在忍不住，大声抗议，明明是2007年出版的，那年"北京迷笛音乐节"，我现场演唱了这首歌。主持人固执地认为他是对的，直到我把小河叫上台做证，主持人才重新修改了悼词。这我还活着呢，如果真死了，这大错岂不从此以讹传讹下去了。

然后，亲友团纷纷上台，回忆我生前的感人事件。讲着讲着，就不对劲了，上来一个文艺女老年，说我当年某次喝醉了，给她发调情短信，她还当众有感情地读了那条信息。我又忍不住了，抗议说是她半夜先发消息给我：我好冷。我以为是暗示我过去呢。所以，我就回了信息，我马上过来温暖你的身体和心灵。追悼会陷入暂时的混乱状态，有几个她的闺密，上来证明我就是这样的人，也有我的好朋友们说一个巴掌拍不响，应该还原历史的本来面目，女的也有性侵男人的。我实在躺不住了，坐起来，劝大家摒弃前嫌继续下一个议程，该入土为安了。

都是老人家，谁也抬不动我，于是我作为死者要自己走到墓地去。朋友们前呼后拥着，放了一挂鞭炮，葬礼跟婚礼差不多，说说笑笑地陪我到了墓坑前。我这个位置还不错，左边挨着小河，右边挨着万晓利，我们年轻时，不是短暂地搞过一个"横切面"的组合嘛！

我躺进墓穴里试了试，挺凉快的，我要求墓前要塑一座导盲犬熊熊的塑像。黄泉路上，有它带着我，我会走得很体面。然后，大家鼓掌，游戏结束了。

好玩吧？每个养老院成员都可以如此死一回。活着的时候，亲历自己的葬礼。还可以修改自己的悼词。

老，怨谁呢？不是自己一口口饭、一杯杯酒吃出来、喝出来的吗？又没人推着你变老。有些痴呆了，那也是跟年轻人比较。大家都痴呆地在一起，也就都正常了。

养老院里有个六十多岁的美少女，那是我们的院花啊！老艺术家们纷纷为她争风吃醋，偷偷地为她写歌，就差窗前唱小夜曲了。她和谁都若即若离的，真把自己当太阳了。她是谁呢？暂且保密。

张玮玮开了一家"白银饭店"，菜的味道还不错。尧十三开了个卫生所，头疼脑热的，就找他。马頔开了个婚姻介绍所，院里的鳏夫、遗孀很多，需要被撮合。莫西子诗创办了老不死幼儿园，啥？养老院要幼儿园干啥？那齐白石八十多岁了还生了个小宝贝，我辈岂可不迎头赶上？

啊，老不死养老院，

要死就死在你这里。

啊，老不死养老院，

期待更好的人儿到来，

期待更美的人儿到来，

期待我们往日的灵魂附体。

啊，老不死，

这一切没有想象的那么好。

我们生来就是孤单。

2050 年 2 月 9 日星期六，机器人周云蓬亲笔

傻瓜，OK

手机找不到了，这成为我最近的日常焦虑。

从枕头旁边、门口的鞋架上、客厅饭桌上、洗手台旁、床底下，甚至冰箱里，我一路摸索，越找不到越焦虑，仿佛手机里正有条对我至关重要的信息发进来，要是错过了，那一大团幸福就灰飞烟灭了。

我坐下来，仔细回想，最后用手机是何时何地？忽然想起，手机里有个 Siri，可以语音对话。于是，我像小时候妈妈叫我回家吃饭那样，楼上楼下地呼唤，嘿，Siri！嘿，Siri！"叮"的一声响，你好，云蓬。声音从某个角落传来，还没法确定具体位置。我赶忙继续呼唤，Siri，几点了？"叮"的又一声，现在时间，上午九点三十三分，早上好，云蓬。

我像个警犬一样扑过去，终于找到了。迫不及待地查询信息，啥消息也没有。看朋友圈，晒鸡汤的、晒娃的、骂许知远的，跟我都没啥关系。那么着急地找到手机，徒劳无益。

然后，过两天这样的悲剧再重复一遍，一模一样，这可能就是轮回之苦。

有时候不找手机，找墨镜。要出门了，找帽子。有一回，导盲犬熊熊不见了。我楼上楼下地找，大呼小叫，没有。我甚至把狗粮都翻出来了，哗啦啦地摇晃着狗粮喊熊熊。最后，发现它在阳台上，大脑袋枕着栏杆，凭栏远眺呢！

现如今，我想通了，啥也不找，东西爱去哪儿就去哪儿，没手机就听收音机。没墨镜了，干脆不出门。没思想了，就傻坐着，或者洗个澡，身上喷点薰衣草香水。那是我跟前女友在法国阿维尼翁买的，我们俩蹲在路旁的香水摊旁，挨个瓶子嗅，有烂苹果味的，有陈腐的树叶味的，有下雪味的，有床笫之欢味的，后来我们共同喜欢上了这款薰衣草味的。都快二十年了，我拧开盖子，闻一闻，就能想起我们俩蹲在路旁，像两只小狗，鼻子"咻咻"地嗅着。原来幸福可以生长，隔了漫长的时间，长大了，长得端庄窈窕了，可远观不可亵玩了。

还有一些地方，会主动来找你，拉你去。一次，我在武汉汉阳做讲座，主办方安排我住一家普通的连锁酒店，房间一天三百多元，屋子有点俗气，廉价的空气清新剂的味道说明了一切。在我床头，挂了一幅大照片，拍的是纽约时代广场，照片是对着中央公园方向拍的，在远处，街角，有个大招牌：惠灵顿旅馆。

恰巧，我曾经在那儿住过。某年圣诞节，我去纽约，选择了这家旅馆，因为它的名字让我想起滑铁卢打败拿破仑的那个英国佬。惠灵顿旅馆很古老，有一百年了，电梯都是带栅栏门的。

我住进汉阳连锁酒店，听旅伴讲墙上的照片，这是惠灵顿旅馆想我了，叫我去呢。讲座结束后，我从武汉飞到纽约，沿着第七大道走到惠灵顿旅馆大招牌下。我想，如果世界有奇迹，那我应该能从真实的纽约街头，穿越回汉阳那个连锁酒店，从照片里探头探脑地走下来，向正在打扫卫生的服务员问好。但是，这样的奇迹还是省了吧……

话说，我正在纽约街头，做着博尔赫斯的梦的时候，"咣叽"一下碰见左小祖咒了，他携全家旅行，这真是他乡遇故知啊。我们一通拥抱，大喊大叫，惊喜交加。还是左小有觉悟，他"嘘"了一声，小点声，注意素质，这是国外，咱们别给日本人丢脸。我们心领神会异口同声，嗨，马上做鞠躬状。真是祖国的好暖男。

好人好报，所以我就踏踏实实坐在家里，等好东西、好事情、好人主动上门来找我了。要排队啊，不许随便加塞儿。诗人余秀华转告我，有个女生给她留言，要周云蓬的联系方式，想嫁给我。可以啊，请进来，我听听声音好听吗。然后，暂时没下文了。

现在，每天一大早，熊熊摇着大尾巴，到我枕头旁，呼哧呼哧地喘着气，妖风阵阵，凉风习习，把我从美梦里叫醒，该带我出门上厕所了，该给我吃早饭了，该带我去大草坪撒欢儿了。这世界，有人或者狗需要你，有人或者狗想着你，那就是爱，是你跟大地绑在一起的纽带。所以，要做个对别人有用的人，才不至于过早地自绝于人民。要经常找理由请朋友吃饭；要给同学的孩子发红包；要主动把房子腾出来，给来大理旅游的八竿子打不着的朋友的同学的外甥住；要主动给婚姻假装幸福的好友介绍姑娘，我觉得你们俩才真应该在一起。

　　然后，等你离开这世界的时候，人们才会发自内心地怀念你，那是个多好的人呢！虽然作品一般，歌曲不怎么样，但是人好。傻瓜，OK 了！

　　　　　　　　　　2017 年 9 月 16 日写于大理

远望当归

到我这年纪，回望来时路，苍苍茫茫的，仿佛比朝前看更远。

年过半百，我觉得不可能再活五十年了。即使科技突发灵感让人寿命变长了，后来的日子也不会像过往那么活蹦乱跳活灵活现。

对了，我先说明一下，此时我写字是在使用电脑语音提示的方式打字。我先听到自己要打出的话，电脑语音软件里的女声姑且称她为女声，把我的意思复述一遍，我觉得无误，按下确认键，然后就变成我永远看不见的汉字了。是的，跟我的前半生一样地荒诞、不可思议，这就是我这样的盲人的生活。

1970 年 12 月 15 日，我出生在沈阳铁西区第八医院。2016 年，我因喝大酒突发中风，也是被送进这个医院的。不知道最终会不会死在那里。这样就符合我们中学写作记叙文的要求了，首尾照应。

但愿别那么无趣，我想死得远远的，月球或者火星，实在不行，南极也好。

我记事起的家门口，有个大下水道，总是汪着一摊脏水，冬天就冻成一大块五颜六色的脏冰。下水道对面是另一家的墙角，就是说，从我家门画个对角线，经过下水道，过个十字路口，到对面房子的尖角。后来我才悟到这风水是极差的，想想我从小就得了青光眼，是不是跟这有关系呢？这个房子原本是我老舅住，因为我姥爷在里面过世了，我老舅一个人住害怕，就跟我爸妈换了，我们从此搬到这儿来住。我老舅现在还活得挺硬朗的，没心没肺啥也不想的那种，虽然没啥富贵命，但是身体健康。所以这风水，你还真不能完全不相信。

我最早的照片，是出生六个月时拍的，那时眼睛还挺好看的，一点没发现有异常。神奇的是，我似乎还记得，六个月大拍照时的场景，一个叔叔拿来一个球逗弄我笑，好抓个好表情拍照。这像是梦里的，又像是记忆中的。

1975 年，我去北京同仁医院看眼病。

在颐和园，要坐那艘石头船，就是昆明湖边那艘石舫，我妈不让，我坐地上耍赖，哇哇哭，就是不走。

还有个记忆，在北京坐地铁，那时只有一条到苹果园的线路，我坐上去就不下来了，还是坐在地上耍赖。想想我妈年轻时带我出门真不容易。妈，就是这样的人，你对她多好，都赶不上她对你的十分之一好。

还有个印象，在同仁医院，有个女医生夸我是个天才，我平生第一次听到这个词，在我老家沈阳，没人这么夸小孩的。可能是我背了一段毛主席诗词，或者我唱了首啥歌，记不清怎样得到的这谬赞。可是那时候，就觉得这是个好词儿，不能随便用在别的小孩身上。

在北京我还平生第一次坐了小轿车，小轿车启动慢慢地拐弯，那个优美的弧度，现在还记得。

一个人能记住啥、忘掉啥，真是很神秘。有可能就是现在决定过去，想象如果我后来没失明，那也许记得的是另一些人和事情。或者我在某个年龄段、某个城市，会复苏某段童年记忆，到了另一个时空，又会想起另一段记忆。就好像小时候听电台广播，举着收音机，满屋子转悠，有时候一个电波对准了，那个女广播员的声音就会飘到耳畔，若隐若现，这里是澳洲广播电台，等你不小心打个喷嚏，声音倏忽没了。

　　我七岁的时候，看见了大海，从大连去上海看眼病，坐轮船两天一夜。开船的时候是夜里，等到早晨，我跑上甲板，天呀！大海真把我震撼住了。那种蓝，涌动着无边无际。

　　我就那么一整天地不错眼地看，海上会有什么，结果一直是无边的蓝，一艘船都没看到，我本来想能看见一条大鱼的。

　　现在想起来，如果眼睛好好的，那只能待在沈阳看烟囱铁道，还有那个南站广场上的苏军纪念碑，上面昂首挺立着那个不可一世的坦克。

　　命运说：你要看不见了，那我就破例带你多看看这个世界，要找个理由，天南海北看风景的理由，就是看眼病，北京去完，去上海，去义乌、杭州、天津、大连，见过海、大象、外滩国际大厦、漂亮的上海女护士、南京路的霓虹灯、浙江乡村雕刻着花纹的小石桥、河床上捡的打火石、夜里河边的萤火虫、苏堤上听妈妈读西湖民间故事——那是我儿时最爱的书。命运待我不薄，她拿走了必须拿走的东西，但提前做了些补偿。

我马上进入天命之年了，还是不懂得命运是什么。你要常常走起来，才能有机会面对命运，静止的生活也会有命运，是不是都静下来，命运就隐身了。如果大海平静如天，那你能分清哪儿是海哪儿是天吗？它们都是蓝的。年少时曾大言不惭，我和命运是朋友如何如何，真是胆子大啥都敢唠。人家命运拿你当朋友吗？偶尔给你点好脸色，就忘了自己是谁了，女友突然翻脸走了，病来如山倒了，命运不再是维纳斯，马上变脸成美杜莎了。看她一眼，你就变成石头人了。那是被吓的。

刚当盲人那一阵子，就听说在旧社会，盲人只能有三条路，算命、卖艺和要饭。我不争气，还是走上第二条路，这是后话，暂且撂下。

开始的时候，我还真有机会学算命。我在盲校的小学同学，他爸爸就是算命的。他们家住在铁西区的盲人大院，一个福利工厂的家属宿舍，由于福利工厂有很多盲人职工，很多就搭伴过日子结婚了，他们住在一起生儿育女，有的儿女因为遗传，也成了盲人，这种家属宿舍叫盲人大院。我同学就是这情况。

他爸爸是个算命高手，经常拄着盲杖，大街小巷地替人占卜。收入比上班强。某天，他爸爸高兴，说想传授我两手，至少可以谋生。他给我讲，算命的圣经是一本叫《渊海子平》的古书，我们这行当的祖师有唐代的袁天罡、宋代的邵康节、明代的刘伯温等。当然我还知道诸葛亮和徐茂公，在评书里听来的。听起来挺神奇的，学起来却很枯燥，有点像学数学。先要背天干地支，还要学五行跟这些符号的搭配，又加上四方五色，农历年月日的天干地支五行属性是计算人的生辰八字的基础。这么多符号、概念、颜色走马灯似的转起来，你掐指一算，果断地叫停，然后你看到的静止的排列组合就是问卜者的命运。我最怕数学了，所以开始就很怵头，就觉得老天爷没打算赏这碗饭给我。还有一种叫梅花易数的，是邵康节创立的，据说不靠复杂的计算，靠起卦当时的直觉，或者突然鸟鸣，或者谁无意说了个数字，都可入卦。这有点像吉卜赛人占卜，观察咖啡残渣推算，或者观察飞鸟的轨迹。但梅花易数会的人很少，估计这种人也不出来赚钱。

我的那个小学同学后来子承父业走上第一条道路，而我走第二条路了——卖艺。我爸本来给我买了把二胡，盲人不都拉二胡嘛。可我觉得二胡这个乐器太苦了，学了它，一辈子都苦巴巴的，找了个媳妇，还给地主恶霸抢走了。那时候，电影《瞎子阿炳》里面就是这样的。

1984 年，妈妈给我买了把百灵牌的六弦琴，二手的二十元，是我当时一个月的伙食费。那一瞬间，我看到命运她老人家会心地笑了一下。

再倒一下磁带，失明前我还画过一张素描，大概是 1978 年，我的右眼视力只剩下 0.4 了，左眼失明。我在家旁边的一所街道小学上一年级，没有校园，路边的一间房子就算教室，那时这类小学叫抗大小学。一年级有图画课，现在想起来就是临摹，老师发一张小画，我们照着描一遍。刚开始画拖拉机红彤彤的，画没画过毛主席，我忘了，估计不敢乱画。一天我在家里，好像是下午，有个小黑板，有粉笔，我开始瞄一幅画，是挂历上的还是某本画册上的，我想不起来了。记得有山，山背后有云，半山腰蜿蜒着一条路，还有亭子，反正挺复杂的。我一下午就坐在黑板前，画呀画，画错了，就擦掉，重新来，最后终于画好了。我用了好几种颜色的粉笔，画得可像了，我自己都觉得很惊讶，主要是专注地做了一下午，完成了一样东西,前所未有的感觉,时间突然变快了。天马上黑下来,爸妈要下班回家了,后来那幅画怎样了,估计被我擦掉了。那时候不知道这是我有生之年第一幅也是最后一幅画,没有太重视。

磁带快进一下。这些年,我去过纽约大都会、MOMA、伦敦的国家美术馆、马德里的普拉多博物馆、巴塞罗那的加泰罗尼亚国家艺术博物馆……站在凡·高、莫奈、达利画前,深深地感到失明真是一个人生的大缺憾。有时候会暗暗地怀恨带我去这些美术馆的同伴,常常赌气坐在走廊的凳子上,说我不走了,你自己看,看后回来找我。坐在那儿,我就想,别人也经常陪我去唱片店,一架子一架子地挑选唱片,通常陪伴者对唱片并没有那么大兴趣。上大学时还有很多明眼同学给我读书,大多是女生。那读的都是啥书啊,《存在与虚无》《悲剧的诞生》,还有《红楼梦》里不小心蹦出来的生殖器,人家当时不定多烦呢。那现在自己陪别人逛美术馆，就生气了？再想，站在那些名画前，咫尺天涯，就是不让你看见，不也是一种当头棒喝吗？人是有界限的，或者说你要直面自己的不可能，经常看看鸿沟深渊，可以提醒自己生命原本如此，无须大惊小怪。

还有一回，我去江苏江阴，朋友带我去当地的一个古庙游览，古庙前的广场上，有一些摆摊算命的，都是明眼人，大家正热火朝天地招揽生意呢，我一出现，一个拄着盲杖、戴着大墨镜、留着长发的盲人，身旁好几个人搀扶跟随，这声势一下子把在场的都镇住了，现场立刻安静下来，有个摆摊的咳嗽了一声，跟我搭讪，大师，您好多年没来了，这是刚下山吗？他把我错当成来踢场子的了，弄得我很不好意思，连忙解释，我不会算，我是卖艺的，大家别客气，继续发财。

我十四岁时，写了一本日记，用盲文写的。记述的是初恋的小心情，竟然还写了一首诗：

　　你又何必叹息，

　　生活难道真的一览无余？

　　你又何必哭泣，

　　命运难道真的无情无义？

　　啊，何必何必，

　　走路的人，

　　又何必在乎路的崎岖。

　　脸红了，看我的起点多么低，当然现在也没高到哪儿去。那是二十世纪八十年代初，中学里流传的是席慕蓉，高级一点的是朦胧诗。我那时候需要的是励志，就是要"扼住命运的咽喉"。如果那时候就颓了，那我早完了，励志虽然让我在生活中挣扎着攀上一个个阶梯，为将来能过上有尊严的日子打下了基础，可也阻碍了自己的审美进程，不是有一种观点嘛，"救亡运动"终止了"五四新文化运动"，这对于个人也适用。

盲人不能太颓，不然会被生活碾扎粉碎，尸骨无存。阿炳就挺颓的，抽大烟逛妓院，所以他的结局并不很好。不知道荷马、弥尔顿生活得怎么样？找到老婆了吗？是否衣食无忧？博尔赫斯过得挺好的，应该向他学习。博尔赫斯是后天失明，他应该不用为生计发愁，不用总顾念尊严问题。他能坦然地静观失明，将其化成生命崭新的维度。他有一篇文章是论失明的，说失明并非人们通常想象的黑，其实是灰，云雾一样地包裹着你，黑也需要视觉去感受的。我也觉得是这样，我就此联想到，如果生是"有"，死并非是跟"有"相对的"无"，当丧失了主观感受的时候，"无"也不存在。

帕慕克在小说《我的名字叫红》里讲道，失明是一种极致的寂静，那些画细密画的大师，为了追求最后的寂静，常把自己的眼睛刺瞎。

可我并没觉得很宁静，相反，经常躁动难耐，生活充满了不安全感。比方我现在还常常做同样的梦，小时候的家，夜里，门上的插销坏了，总插不严，门外好像有什么东西要进来，我就死死地顶住门。还有很多夜里，做个长长的梦，醒来，因为看不见周围，会短暂地忘了自己睡在哪儿，躺在床上一动不敢动，拼命回想我在哪儿。心里恐慌，害怕自己滑脱坚实的现实，被冲到未知的无何有之乡。

尤其在巡演的路上，两天换一个地儿，宾馆、酒店、客栈，换得真是今夕不知何夕。

有一次，午夜梦回，我想确认自己睡在哪座城市，我摸到床前茶儿上的电话，问前台，这里的地址是什么？我不能直接问我在啥城市，那人非把我当老年痴呆对待不可。前台很礼貌地回答我，这里是鼓楼宾馆。

然后我就更晕了，南京、开封、宁波、北京、西安，好几个城市都有鼓楼，我具体在哪儿还是搞不清。

只有失明者才有这样的遭遇，失明至少强行地把我从人群中剥离出来，其间况味不足为外人道。

为了这双绝望的眼睛，我吃了不少苦。小时候，吃各种药，药太苦，我妈就先准备好一羹匙白糖，药咽下去，糖马上到嘴里。中药喝得要呕吐，热乎乎、苦森森一大碗，一口气喝不下去，就停下来干呕再捏着鼻子喝。有的偏方我都觉得太过分了。有一次，有个缺德的江湖大夫，说药汤里要加入药引子，他的独家秘方是生吃猪拱嘴。我问他啥道理呢？他解释说，你眼睛里长了白内障，这个猪拱嘴可以把白内障拱掉。这一点我对我爸妈还是有意见的，为了给我治病，盲目相信，啥偏方都敢招呼，我被迫生吃了不少个猪拱嘴。那时候就想，自己的身体还是要自己说得算才好，快点长大吧，离家出走，有多远走多远。

球后注射，就是向眼睛里注射药物，眼瞅着大针头奔你眼睛来了，"砰"的一声，半个脑壳，被猛锤了一下，事后眼睛大半天都睁不开。这种酷刑，要有好几个人按住我，伴随着哇哇大哭。

我还做过左眼球摘除手术，要全麻，口鼻上盖一块味道刺鼻的纱布，过一会儿，脑子就一片混沌了，但跟睡觉不一样，你偶尔还能听到手术器皿碰撞的叮当声，等到醒来，左眼永远没了。眼眶塌陷，戴上一个大眼罩。摘除后，我的右眼视力迅速下降，不久，彻底失明了。医生说，好像左眼不摘除也可以。有这么害人的吗？那时爸妈还不懂得医院也有医疗事故，根本就没追究。从此，结束了我治眼病的苦难历程。

在此我要立下遗嘱：在我生命垂危之际，不允许过度治疗，例如全身插满管子，苦挨着等死，请爱我的人，别让我多遭罪。你们真想我，就听我的音乐读我的书好了，那时候我早不在这个臭皮囊里了。

体面地死，是人生最后一桩大事情。

在暗无天日的人生里，纯粹个人的体验，只有性与死，这是上天给你的独家快乐和绝望。有性与死，哪怕你置身于千百万人中，仍就是独一无二的个人。

卡夫卡在小说《审判》里讲了一个故事：一个农民，在法的门口，等着想进门，一道道门，每道门都有个高大的门卫，就是不让他进。他都快死了，门卫说，我们也要关门了，这门是为你设立的，你死了，门也就没必要存在了。

性与死就是为每个人设立的门。幸好，我也有这样的门，让我感到我并非人生的局外人。

五六岁的时候，我爸带我去澡堂子洗澡。大家要先在大池子里泡着，浑身打上肥皂，泡好了，再去淋浴喷头下冲洗。我泡着的时候，调皮地扑腾水玩儿，没站稳趴水里了，咕咚咕咚连灌了好几口，意识开始模糊起来，感觉要死了，幸好我爸一把将我拽起来，那水味道真不怎么样。

多年之后，我有个朋友叫李云，醉酒后在上海的一个洗浴中心不幸溺亡。至今想起，仍令人扼腕叹息。估计不是我小时候那种大澡堂子，不然旁边会有人拉他一把的。我这朋友水性很好的，当年号称鱼都淹死了，他也淹不死。喝酒后，一个人泡澡危险啊。爱尔兰小红莓主唱也这么香消玉殒的。所以，一辈子要找个能共浴的人，这是性命攸关的大事情。一时找不到，就先别洗澡。等着找到了，一起洗。

我还得过一回急性胃炎。好几天发烧呕吐，不能进食。以至于昏迷不醒。我那时，躺在炕上反反复复嘟囔着，抓心挠肝啊，抓心挠肝。我记得当时自己已经产生幻觉了，比方总看到一个点了很多蓝灯泡的大饭店，很多人在那儿吃满汉全席。估计是饿的。偶尔苏醒过来，我问我爸，人去哪儿了？我爸也是连轴转没合眼，啥人？就我一人。我说，大饭店里那么多人都去哪儿了？估计我爸以为我见鬼了，大喝一声，都给我滚蛋！

人在病中，会有一些不同于梦境的幻觉。我爷爷病重的时候，常常指着墙说，上面有很多小人，在搬大白菜。我表哥弥留之际，说有好多人挨挨擦擦的，问他死不死：快点，死不死？旁边看护的姐姐也是大吼，咱不死，等姐拿大棒子捼他们。

假如人死后还有灵魂，那我死后或许就能看见了。那死还真是一个节日。如果那天到来，我死了，好害怕啊！哇！喜从天降，看见了！这不是西施、貂蝉等四大美人嘛！赶紧求合影，发朋友圈。手机呢？哎呀，手呢？对于这一代人来说，死仅仅意味着永远不能上网而已。除了上网，我们真实地活过吗？

作为死的最好的背景音乐，我希望是巴赫的管风琴音乐，平静、舒缓，朝向过往未来无限地延伸，原谅的同时被原谅，黎明前最深的黑暗降临，无须起身打点行囊，欣然迎接此生最远、最省钱的旅行。不许播放肯尼·基的《回家》，那样我会感到一辈子活成了一家百货大楼，现在关门打烊了。

性呢？那是生而为人的大喜悦。

本来是造物主对繁衍后代者的奖赏，就像我小时候，妈妈给我吃药后，会喂我一勺白糖。然而，我们就想吃白糖，不想吃药。所以，人类发明了安全套等避孕措施，这是可与中国的四大发明并列的人类进步。

我就坐着等待人类的更厉害的发明——人工智能女朋友出现。她要能给我读书，包括《金瓶梅》，能带我走路，不用再麻烦导盲犬熊熊了，当然还有床笫之欢，如果会造精酿啤酒，会烧点小菜，就更好了。她的语音模式，我要台湾女生式的。我很喜欢听台湾女生说不会，从字面上讲，你说谢谢，对方应该说不用或者没关系啥的，可台湾女生爱说不会。虽然从语法上觉得不对劲，但就是好听。一声"不会"，妖媚爽利，勾魂摄魄。我未来的智能女朋友，要天天用台湾腔对我说一百遍"不会"。这个不算啥科技难题吧。让我有好感的女子，首先要说话好听。不是偏得娇滴滴、狐狸精那种。音色并不重要，说话的节奏以及话语间的静默空白，才是魅力所在。其实，唱歌也如此，左小祖咒声音多糙啊，可他的有腔无调混不吝的唱法就是让人着迷。话说回来了，你要敢给我个左小版的智能女友，那我就出家。

　　由于我是个盲人，等到二十五岁，才第一次尝到床笫之欢。有点晚吧。我在上大学的时候，不会唱歌，吉他弹的是古典的路子，追了好几个女生，都铩羽而归。人家忧愁地答复我，难以承受这样的重负。我当然很受伤，没有信心了。后来我被逼迫"嗷"的一嗓子可以开口唱歌了。但，毕业了。直等到在北京海淀图书城卖唱，有个听歌的北漂姑娘，跟我回了圆明园，我的暮春才到来。谢谢那位好姑娘，跟我过了一段苦日子。多苦？有一回，我传呼留言给她，啥啥你今天来吧，今天我赚钱了，晚上吃肉。她欢笑着敲着饭盆，一路跑来。1995年冬天，我们在寒冷的圆明园，不是伊甸园，隆重地吃了个冻苹果。好吃吗？不知道，饿得太久了。第二天早晨，她甜蜜地问我，那你什么时候娶我？这话真好听。到现在我还觉得小火盆似的暖和。

不要总是辜负天意。上天赋予你双眼，那就好好地看这个世界的美丽。上天拿走了双眼，留下了耳朵，那就多听好的音乐、海水澎湃、山峰浩荡，甚至可以听寂静，就像静观死亡。

还有那些黑暗里的器官，掖着藏着，不用干吗？留着发霉腐烂吗？我去世界各地，不只是爱逛唱片店、博物馆，也喜欢逛成人用品店。纽约第五大道二十几街，有一家性博物馆；伦敦牛津街上，有个三层楼的性用品商店；京都佛光寺附近，有个性玩具大超市。

如果人生没有性欢乐，那我觉得比双目失明更恐怖。

盲人这个群体男女比例失调，可能是因为遗传原因，先天失明的男孩比女孩多。我在沈阳盲童学校上小学的时候，班里十个男生、两个女生，其他班级比例也差不多。所以，很小的时候，盲童学校的男生，就知道将来老婆不好找。像我全盲的，能找个同样全盲的已经很难了，想找个有点视力的半盲的女孩，那简直难上加难，要找个明眼女孩，那就是天方夜谭。

其他身障群体也如此。坐轮椅的、高位截瘫的、智力障碍的，他们的性苦闷怎么解决？很多人就说了，能让你们吃饱饭就可以了，说什么性苦闷？这就不是人话，猪也有交配的需要。台湾有一些专门为身障人做性安慰的爱心志愿者，当然有一套合法的操作程序。北欧一些国家，政府出钱，给重度身体障碍者购买性服务。我觉得这才是拿身障人当人看。

最终结论：天行健，君子当自强不息。靠谁都不如靠自给。在性方面，这些话也管用。

1988 年，我开始了正式的初恋。我跟她一个班，我是跳级上来的，就是说我学习太好了，从初二直接升入高一。她是从一所重点中学转过来的，因为视力下降，普通中学看板书吃力。她说话声音好听，怯怯的、细若游丝，但很坚定。我们是同桌，临床按摩又凑巧被分在一个小组。解释一下，我们高中学的是推拿，推拿手法要互相练习，通常男女生混搭，将来临床工作，男女顾客都会有。所以，先让男女生提前实习一下。我们是抽签决定谁跟谁一组。我就想跟她一起，天遂人愿，结果也是这样。某次，她参加一个唱歌比赛，她唱的是台湾电视剧主题曲《星星知我心》，没比过大嗓门唱《黄土高坡》的。她很难过，我就妙语连珠地劝慰，竟然把她逗笑了。然后，我们开始相爱了。

她属于半盲，能阅读汉字。她为我读了弥尔顿的

《失乐园》，由于视力不好，常常是两个大厚眼镜片都快贴在书页上了。想起来，让人心疼。有一次，我们晚上去学校旁的小河沿公园约会，她晚上几乎看不清啥，我们被学校的门房老头跟踪了。我们也就是在黑黢黢的树林里，拥抱了半小时，怀里基本上是对方的羽绒服，身体的轮廓要靠联想了。

第二天，老头把我们的事情上报教导处。可了不得了，班主任、教导处主任轮流找我们谈话。我态度很顽固，后来他们找来了她的父母。她家境很好，爸爸是教授，妈妈是医生。她父母严肃地警告我，必须中断跟她的联系。

后来我们还坚持在一起了一段时间，顶着学校和家庭的压力，学校旁的公园不敢去，就去遥远的北陵。沈阳的冬天，北陵荒凉得全是松柏，还有坟。气温大概在零下二十摄氏度，我们一圈圈地走，真不觉得冷。隔着棉大衣羽绒服拥抱，彼此仿佛抱着两床被子。她过生日的时候，我花了十五元给她买了一条项链，上面挂了一只捧着金牌的熊猫。花光了我平生第一笔稿费，是在《辽宁青年》上发表的一首诗，诗的题目叫《命运和我》。记得她撕开塑料袋，把那条细细的链子抽出来放在我手里，把着我的手给她戴上。到如今都三十多年了，每每回老家，我去北陵，想到的都是陆游那首《钗头凤》：

> 红酥手，黄藤酒，满城春色宫墙柳。东风恶，欢情薄，一怀愁绪几年离索。错！错！错！

2019 年 3 月写于大理

立遗嘱

话说，老周五十岁时，某天早上，大醉醒来，坐在电脑前，发呆。忽然，他一拍脑门儿，想起：该立遗嘱了。

这些年身体每况愈下，刚做了体检，"三高"都严重超标，血管老化，前年还得过脑血栓，差一点瘫在床上。

死，有点像创作灵感，说来就来，跟灵感不同的是，死，来了，还就不走了。还是留个交代吧，预备着。

这样死到临头，体面些。

老周坐在电脑前，想啊想。银行卡里有些钱，现在不能喝酒，不能抽烟，没女友，没儿女，除了慈善捐款，想一股脑花光，还真不容易。对，首先要留给妈妈一笔养老钱，留给导盲犬熊熊一笔。这房子里，就他们仨算最后的伴儿相依为命了。

吉他，电吉他、木吉他、民谣吉他、古典吉他，七八把。都是他心爱的大老婆、二老婆、小情人。死后，当然不能一起烧了吧。电吉他，留给小 a，古典吉他留给小 b。钢琴呢，这个值钱，自己一直还没来得及弹，这样吧，送给前女友，小 c。她是个标准的文艺女青年，喜欢肖邦，就送她。还有把从土耳其带回来的乌德琴，送给前前女友，她醉心于神秘事物，爱去印度、西亚、非洲，乌德琴应该对她的胃口。

满满一书柜的书呢？那是他的精神家园。最早的，有 1987 年在新华书店买的《莎士比亚全集》，一套才三十多元。还是他一咬牙，把心爱的吉他卖给同学才买下的。一共十一本，摸上去，就像摸着一大把的光阴。还有，查良铮翻译的《唐璜》，那是他的最爱，也是上中学时买的，那时，上下两册才六块多。还有《卡夫卡全集》《乐府诗集》《外国现代派作品选》《世界中篇名著选》《契诃夫全集》《金瓶梅》。还有《金瓶梅》啊，这个他真舍不得送人。

要不，就送给他开书店的老友，小 d。好书要有个好归宿，送给不读书的人，生了蛀虫，那是暴殄天物。

遗嘱写好了，老周从冰箱里拿出一罐精酿啤酒，美滋滋地喝了起来。他想象着，死后，大家看到这份遗嘱，惊讶、惊喜、遗憾、庆幸、不满等各种情状，想得恨不得马上就死。他把遗嘱存到电脑桌面上，为了保险，C 盘、D 盘、E 盘、F 盘，各存一份。连回收站里也放了一份。这么好的遗嘱，可别让人找不到。那不又暴殄天物了吗?

一年过去了。老周戒烟戒酒、早睡早起，热心养生和各种健身运动。

行止坐卧心中默念：不生气，我不生气。

结果没死，遗嘱这件事，他都快忘了。

某日，他上网，看到他那个爱肖邦的前女友，写文章拐弯抹角地影射他：生性凉薄，无情无义。他一看就火了，别人也许看不出，但他深知这是在说他。真是的，都分手这么多年了，还总跟当年吵架似的，无聊不无聊。气得他想发微博驳斥一下，又觉得，人家没指名道姓说自己。况且真吵起来，还不是让旁观者看笑话。谁真在乎你俩谁是谁非?

忍了吧。不行，他想起去年立的遗嘱。他赶忙回家打开电脑，找到遗嘱的文档，钢琴不留给前女友了，还是送给刚认识的情人小 e 吧。多亏没死，改好了，他很庆幸很满意。桌面上的改完了，别的盘里还有，他挨个盘查找，一个文档都不漏掉。直到电脑里的所有遗嘱都改好，才长出一口气。从冰箱里拿出一罐精酿喝起来，总算没铸成大错。

两年后，他的情人，出国了，来信越来越少。最后一封信，说她觉得中国男人根本不叫男人，没担当还油腻，包括他在内。老周又生气了。散就散呗，干吗出口伤人。怎么女人都这样。中国男人不好，那还不是中国女人生的？气得他打开电脑，钢琴也不留给这个假外国人了。

一个文档一个文档地改过去，解气。

估计就算留给她，人家也不会领情。

又过了五年，神秘主义倾向的前前女友，得癌症往生了。老周把乌德琴那条修改了。又过了一些年，开书店的朋友，改行做书商去了，出版了一套畅销书，《论青年人怎样走向成功》。老周看着堵心，决定不把藏书留给他了。

年复一年，老周的遗嘱改呀改，有时候悲伤有时候庆幸。一个个名字去掉了，新的名字加上来，又删掉。

改得他自己也糊涂起来，比如钢琴，几份遗嘱写的不一样，要送给好几个人。银行存款，按照遗嘱真分下来已经不够了。

有关的遗嘱文档东一个西一个，苹果手机里存了三个，锤子手机里存了五个。甚至抽屉里，还存了盲文版的遗嘱。还有找人翻译的英文版的遗嘱。

老周磕磕绊绊跟跟跄跄地又活了若干年。老了，记忆力越来越差，走路就跟腾云驾雾似的。某日，朋友来访，聊着聊着，他竟恐惧地发现，他忘了对面坐着的是谁。他一面应酬，一面搜肠刮肚地回忆，这一定是个熟人，否则不会坐在自己的家里，那他叫什么名字？怎么也想不起来。最后，热情地把人送走了。

热情得有些过分，下次一定再来啊，向那个谁谁谁问好。谁谁谁就是胡扯了，连这个人是谁还搞不清楚呢。等到人走了，关好门，老周绝望地坐进沙发，口水和泪水流了一下巴。

老周用残余的思维，判定自己快痴呆了。这一天就在眼前。他想起多年前立的遗嘱，可别留给人个大笑话。他赶紧打开电脑，有的快捷键的操作都忘记了。干脆整个内容全部删除。C 盘、D 盘、E 盘、F 盘，全清空。空得像个刚买的新电脑。老周想，我还是有头脑。毕竟年轻时，博闻强记聪明过人。

要不还是再写个遗嘱。总要留点啥，给人世间。老周建立一个新文档，文档名叫：立遗嘱。打开文档，老周想，写点啥呢？亲人朋友都走了，能记得的名字，全是故人。银行里存款还剩多少，他不知道。反正去超市还能刷卡买吃的。

钢琴落满了灰尘。吉他弦都断了。书都发霉了。

就这样吧。老周写下：我死了，啥都不管了，宝贝儿，随便吧！

2019 年 5 月 14 日写于大理

笨故事

　　现在一拿起笔，就想写段子。九十年代，爱写终极思考。八十年代，爱山呀海呀地抒情。总是被人牵着鼻子走，时代喜好什么口味，我就端上什么吃食。我这回不写段子了，写个笨拙的故事，要足够的笨，看得你昏昏欲睡。对，我要写，要摒除比喻，有啥说啥，不分析。大脑的很多细胞可以下班了，留下植物神经，我要用植物神经讲个故事。我还要躺在床上写，最好能把自己写睡着了。准备好了吗？我先躺下来，找个舒服的角度。

　　我曾经是个模范，残而不废，人们称呼我是张海迪第二，中国的保尔·柯察金。虽然我眼睛看不见，但是我能弹能唱，参加过"月光大道"，上过中央电视台的晚会。我还经常到处做报告，把我的事迹生动地讲出来，每次都能收获很多的眼泪，也改变了一些人的世界观。我上学时，就没想着赶快找个女同学，全盲半盲都不找，我有信心，将来找个正常人，我们叫作明眼人。后来我上镜率高了，果然接触到了一些明眼姑娘，都是被我的感人事迹召唤来的。

　　这里面最优秀的是个北大的女生，我们先是通信，后来经常深夜电话诉衷情。终于，有一天，我乘上火车来到北京。她来车站接我，趁着她扶我那一瞬间，我一下子就握住了她的手。她的手硬邦邦的，女子手硬表明有才，她是北大才女，果不其然。跟她同来的，还有个电视台的记者，听说了我们感人的爱情故事，特来拍摄的。他诚恳地说，见了你们俩，我又开始相信爱情了。

北京的生活充满了竞争和挑战，我联系了一些学校的学生会，想多做一些报告。我要让女友感到跟我在一起是光荣的、有希望的。我先从一些普通学校开始，在通县、房山、顺义等地，报告会效果很好，她陪在我身边，把我送上讲台，结束时在热烈的掌声中把我扶下台。报告会的最高潮处，就是介绍我的女友了，我们的爱情事迹感动了很多学生。不久，电视台播放了我们俩的专题片：一个盲人跟一个北大才女的传奇爱情。这一下，我成名人了，走在街上经常被人拦住，请求合影。最辉煌的还在后头呢。北大学生会找到我们，请我们在北大大礼堂做个报告会。天啊，有几个残疾人能登上北大的讲台，女友也很高兴，我们没白努力，终于等到这一天了。

报告会那天大礼堂座无虚席，我先讲了我悲惨的童年，再讲少年发奋读《钢铁是怎样炼成的》，讲到我跟女友的爱情故事，全场掌声雷鸣。主持人把她请到台上，那掌声真是跟见了大明星似的。我女友流下了激动的眼泪，在场很多人都哭了。我们还手拉手合唱了一曲奥运会主题歌:《我和你》。大家起立为我们鼓掌祝福。这真是我最成功的报告会了。会后，我接受了很多记者的采访，有电视台的、电台的、报纸的，还有唱片公司想给我出专辑，出版社编辑想约我写个回忆录。然后呢，她毕业找了个好工作，我们分开了。

其实真实的生活是另一个故事。

我是很有名，但女友不是北大才女，是张家口师范学校毕业的一个女生，有感于我的奋斗事迹，她到我居住的城市来找我。一见面她就哭了，她说，我改变了她的人生，有一阵儿她失恋，沮丧得不能自拔，读到我的事迹才重新找到了人生的坐标。那天晚上，我灌了自己好多酒，我胆子小，清醒时不敢跟女生表白，况且她还是个明眼人。借着酒劲儿，我说，希望你能永远陪在我身边。我还为她献上一首歌:《最远的你是我最近的爱》。一曲歌罢，她靠在了我的怀里。

她毕业了，来到我居住的城市，在小学教书。我们结婚了，买了房子，开始过日子了。起初，我们的夫妻生活挺别扭的，在她心里，我太崇高了，做起那事来，就觉得有种罪恶感。从我这儿讲，一个明眼人甘愿跟我过日子，我心里充满了感恩，做那个事时，耳畔总回荡《感恩的心》的旋律，然后就做不下去了。

婚后，我依旧到处做报告，每次她都会陪我去。都听了几千遍了，每次她还会哭，有时比台下的人还激动。报告会结束时,她总鼓励我:你今天讲得太好了。过了两年，她当上了班主任，工作开始忙起来。她跟我商量，想请个保姆，帮她做做家务。我说，那要找个知根知底的，她说，她老家村里有个小表妹，想来城里找工作，都是亲戚，放心。我说，可以。

小保姆来了，说着一口农村普通话，声音甜甜的，挺好听。她叫她表姐，叫我叔叔。我也不在意。小保姆的到来，分担了不少我们的家务，白天做饭、打扫卫生，有时还能陪我去报告会，妻子当班主任后，没时间总陪我出门了。某次报告会下来，小保姆跟我说，叔，你真伟大，那么多大学生都爱听你讲，你比大学教授还厉害。

放暑假了，报告会暂停一段时间，我整天待在家里，听收音机解闷。一天，小保姆拖地板，把腰扭了，疼得站不起来。我说，叫车去医院吧。她怕贵不想去。她忽然想起来：叔，你讲报告时不是说自学过按摩推拿吗，你帮我按按？我一想也是，到医院也得这么治。那你躺沙发上吧，我试试。小保姆趴下来，我先用手掌在她腰部按揉，再点穴，然后让她侧卧，一手握住她的髋骨，一手扶在软肋处，轻轻一掰，"咔"的一声轻响，好了，站起来走走。她半信半疑地扭着身体试探地爬起来，站直身，走了两步，大叫一声，真的好了，冷不防扑到我身上，又蹦又跳地说，叔，你真牛。我有点手足无措，小姑娘高兴过头了，咱别往歪处想。

她的头发撩到我脸上，痒。

接下来几天，小姑娘一会儿腿抻了，一会儿脖子落枕了，总找借口让我给她按摩，当然是在妻子不在家的时候。我了解按摩会让人上瘾，没病没灾的，按上一顿，也很舒服。反正我闲着没事干，天天听收音机也够无聊了，就拿她练练手。有一天，还是按腰，我用拇指点压她的肾俞穴，一用力没留神，"喵"的一声，她放了个屁。我们憋了几秒钟，忍不住同时大笑起来，她笑得喘不上来气：叔，对不起。我说，哪个人不放屁，只是下次先预告一下，一面说一面拍了拍她的屁股。

小姑娘的筋肉是春天待耕的土地，有生命又有弹性，会笑会说话。

一天她说胃疼，我整个手掌贴在她胃部做摩擦法。手被磁石牵引着不自觉地向上移了一下，那是她小小的乳房，我在那部位停留了一秒钟，赶紧缩回手。沉默了一会儿，她说，叔，你想摸摸吗？我紧张得全身出汗，不敢回答。她抓住我的手，放回那个部位，心脏在我手心里像小兔子一样地蹦跳。我觉得自己要犯罪了，可停不下来，手爬进她的内衣。

世界塌缩，下面流淌着奶与蜜，滚烫滚烫的，黑暗，窒息，一会儿是沼泽，一会儿是陆地，沧海桑田在手指下变换，我摸到一箱蜜蜂，密密麻麻的蜂蛹蠕动；摸到一场战争，血腥嘶吼，皮开肉绽，马汗黏手。我们都哭了，不知道为什么，在战争之后。惩罚在未来，还隔着许多时日，但它已经站在那里了。

她不知道在哪儿搞到一本性爱指南，我们每天变换着姿势做。过去我以为做爱都是一种方式，现在觉醒了，可侧面做，后面做，女上男下头脚颠倒。我们像两个趁大人不在家玩游戏的孩子，妻子一出门，我们就拉上窗帘，床上、地板上、洗手间里甚至厨房里，还经常设计一些情节，有分工有角色的，白天太短了，一出戏还没排演完，感觉妻子快下班了，赶紧打扫战场。

妻子会觉察到吗？她最近也有点反常，忽冷忽热，说话经常莫名其妙得让人听不懂。我怕她怀疑，晚上就主动找她温存。一次忘形得要换个姿势，她很警惕地责问：你从哪儿学的这一套，跟你的光辉形象不符合。我支支吾吾地说收音机里听来的。

然而，终于有一天，小保姆消失了。

晚饭桌上，妻子冷不丁地告诉我，她把小表妹送回家了，说完就没了下话。我背上冒冷汗，东窗事发。过了几天，还是晚饭桌上，妻子撂下筷子，冷冰冰地说，我都知道了。我说，啥？你真让我失望，原来你是这样一个人，台上讲的都是假的。说完，她往我碗里夹了一筷子冷菜，你那天要换姿势，我就觉得不对。果然我没想错。我心一横，干脆死撑到底。我说，你瞎怀疑，我啥也没做。妻子一句话把我打入了地狱：你以为你瞎，别人也瞎吗？筷子摔在桌子上。这是出自无比崇拜我的那个师范女生的口吗？紧接着，她打开手机，播放了一段录音，是我跟小保姆在房间里讨论各种姿势的声音。哪天录的不知道。妻子说，这是证据，你还狡辩吗？

妻子要离婚，她说，不能跟伪君子过一辈子。我不想离，请她给我一个改过的机会。妻子说，破碎的心不能再复合。妻子拉我去法院，要求离婚，并且要这套房子。那我住哪儿？她说，反正你要人照顾，可回去跟你父母同住，我在学校没有宿舍，我需要房子。我还是不想离婚。法院考虑到我是个盲人，也想积极调停。

这事就拖下来了，我估计拖一阵，妻子消消火，事情会有转机。转机果然来了。一天，警察把我叫到派出所，问我，认识谁谁吗？说的正是小保姆。我脑子"轰隆隆"一声巨响。她爸妈来报案，说在你家当保姆期间，你多次猥亵强奸她。这回我不想再狡辩，这也好，一下子落地了。我在看守所蹲了几天，妻子没来看我，电视台倒是来了，一样的记者，镜头也是一样的。记者问：你是怎样堕落到今天这个地步的，党培养你国家教育你社会帮助你，你难道不知道感恩吗？恩将仇报！我在电视上做了忏悔，对不起社会对不起家人。

我被判五年，还算轻的，照顾残疾人。服刑期间，监狱管教对我还好，他说，看过我的报告会，很受感动，希望我能在监狱里给犯人们做几场，对改造犯人有好处。我很配合，把过去的讲演稿整理一下，跟在大学里讲的内容差不多，犯人们感动得都哭了。管教说我表现得好，可以减刑。

　　一天，管教说，有人来探视我，我以为是妻子来谈房子过户的事情，离婚手续已经办好了，只剩下房子过户给她，我们俩就算彻底分了。到了接待室有人怯生生地叫我叔，我坐在桌子后面，听她说，叔，你还好吧，那个事你别怪我，是爸妈逼我说出来的。她看我不说话，就接着讲：妈妈收到一段有关你我的录音，一听就气疯了，我被吓坏了就如实告诉了他们。这时我开口了，不怪你，当心胳膊腿别再扭着了，你要好好的。最后，小姑娘说她要去南方打工，我的事电视台一播，她没法在家里待了。探视时间结束，小姑娘说，该走了，明天的火车票。我站起身，低着头，问：你去哪个城市？我会好好表现，也许可以提前出狱。

　　两年后我出来的第一件事，就是打听我的小保姆在南方哪里。辗转问到，她现在在杭州帮人推销化妆品，没有找到联系方式，只知道最近住在文三路的某家小旅馆里。

车到杭州正是清晨，空气凉凉的。我找到文三路，先吃了碗馄饨，顺便一问，这条路上有上百家小旅馆，那就从路口开始吧。我先打听最近的旅馆是哪家，到了就问前台要找谁谁，有没有这个客人登记，服务员看我是个盲人，就很仔细地帮我查找，没有。我接着问，离这家最近的还有哪家旅馆？就这样一家家地找过去，大街边的胡同里的学校操场旁的招待所，犄角旮旯儿的家庭旅馆，洗浴中心的大通铺，一个都不漏掉。中午没空吃饭，喝了口水，喘口气，继续寻找。一直找到晚上，家家户户开始炒菜做饭，放学的小孩子在街边奔跑着踢足球，那是一个美好的江南的夜晚。

我又饿又疲劳，来到一个胡同里的家庭旅馆，机械地说出我的请求，吃着晚饭的老板，用杭州方言嘟嘟囔囔地说，好像有。真的，喜悦一下子充满我全身。他放下饭碗，翻了翻登记簿，肯定这姑娘住这儿，但是白天出去了，还没回来。老板给我倒了杯水，让我坐在一个明显的位置上，他说，她一回来，就应该能看见你，在这儿等着吧。

我端着纸杯小口小口地喝热水，手有点抖。在更黑更凉的夜的尽处，她出现了。叔，你怎么哭了？我说，我找了你一天。她说，那我先带你吃饭去。走在石板路上，她告诉我，现在不兴手拉手了，大街上男女要这样走：她抓起我的手放到她的腰上。她问我，你摸出来了吗？昨天我搬化妆品箱子，腰又扭伤了，老天就把你派来了。我说，是啊，老天是个好人。

初稿写于 2015 年

2017 年 2 月 17 日完稿于大理

梦里的预兆

2001 年，我离开北京去宁夏，住在银川光明广场旁的一个体校宿舍。

晚上，梦见一把刀断了。醒来感觉不妙，第二天，给在北京的女友打电话，她不在宿舍，到晚上，她还没回复。后来得知，她跟一个摇滚乐队的主唱好了。梦都说了，一刀两断。

之后若干年，我梦见一群小孩子围着我跟我当时的女友，玩闹嬉戏。他们把蜘蛛丝一样的轻飘飘、黏糊糊的线，往我们身上扔，那些细丝就黏在我们身上，有的还长进皮肤里，我们俩互相在身上摘，好像在互相除草。梦之后，我们就分开了，还引起了一些网络上的飞短流长、闲言碎语。

再之后若干年，我梦见脸上被蒙上一块布，就像小时候做全麻手术似的。过几天，我的脸上开始长很多疙瘩，越长越多，吃很多药也不管用，大概持续了几个月。某次去青岛，住在天文台附近的青旅，梦见我用手撕掉了脸上的一块皮，那块皮麻麻赖赖的，撕掉了很舒服。几天后，我脸上的疙瘩消失了。

我还梦见过，一个朋友去世了，梦里很悲痛。过了两年，那个朋友真的走了。得知噩耗，我忽然记起前几年那个梦，觉得不寒而栗。

我梦见过一个姑娘，现实生活中没见过。她小巧玲珑的，说话声音京腔京调的，很好听。她送我下地下通道，进地铁，问我到哪一站，说想把我送到家。

回家后，我们就好上了，拥抱在一起，我突然觉得，这么好的事情不会是梦吧。我问她，是不是我在做梦？她说，是真的。我就醒了，枕头上还有她的气味。后来一段时间，我尽量多出门，还安排了几场演出，希望能遇到她。结果，什么也没发生。

我梦见过鬼，没有具体的形象，浑身冒着火花，就像烧电焊的。但是在梦里，我知道那是鬼，很害怕，就一个劲儿地念阿弥陀佛、观音菩萨名号。有时候，鬼就没了，或者自己醒了。

写这些是因为我刚刚做的梦，自己在某个小现场弹吉他唱歌，手指头上缠着纸，弹得很不爽快。我就使劲儿扫弦，把指头上的纸弹碎了，一片片地脱落下来，过了一会儿，身边有个熟人，不知道怎的，把毛线缠到我的吉他弦上，是一弦。缠得就像个线团。我很着急，让她快解开，越着急越解不开。观众有的已经开始退场了。在梦里，我怕伤她心，就安慰她没事，慢慢解，还问她这线是羊毛的还是化纤的？结果她不那么紧张了，就解开了。但是，观众走得差不多了。这是什么预兆？看看会发生什么事情吧。

写于 2019 年 2 月 11 日

再次执笔，已经过去十几天了。

那个梦以后，就是春节正常的吃吃喝喝。有几回喝晕了，在朋友圈里发牢骚，怨天尤人的，指桑骂槐的，第二天又平安无事了。生活的苦难，并非总是出现个大魔鬼，或者横亘一条深渊，你要跳下去，大多时候是没啥事情发生，单调荒凉，这就是苦难了。

梦，不过是沙漠里偶见的海市蜃楼。美梦、噩梦都是惊喜。什么都没有，是常态。

2019 年 3 月写于大理

无人

今天咋了？播放着"五朵金花"的垃圾车没来，阳台外面静悄悄的。想起租这个房子的时候，看中它阳光好，等住进来，发现窗外马路经常有拖拉机"突突"地开过去，于是自我安慰，太安静了不适合我。但今天如愿了，遛狗的人都没出来。八点了，阳光晒在电脑桌上，我挪了挪万年青，制造点绿荫，然后开机上微博。啊，我开始觉得不对劲了，凌晨两点以后没人更新，新浪又出问题了，刷新几次，还是一片死寂。这时，厨房锅里的水滚沸了，赶紧下方便面，再加上点牛肝菌、橄榄菜，打两个鸡蛋，盛到碗里，呼噜噜地吃了一身汗。泡上茶，回到电脑前，刷新一下，还是那样。我给我淘宝店的客服发短信，问，你那儿网络正常吗？等了好久，没回音。打电话不太好意思，好像自己是个微博控。我又发了几个短信问别人，都没回信。这是出啥事情了，我开始打电话了，对方关机，第二个，不接，第三个不接。我突然异想天开发了条微博，看看啥结果。我写阳光啊，末日啊，还@了左小祖咒、罗永浩可爱多，发布。刷新，我的大脑被电击了一大下，竟然看到了自己的微博孤零零地冒出来，时间是八点四十七分，闹鬼了，中病毒了，我等着评论转发，没有。来点狠的，我想自杀，有人吗？发布。要是平常，转发评论铺天盖地的，现在两条微博好像亚当、夏娃站在伊甸园。拨电话，电话簿几百个号码拨过去，越拨越瘆得慌，到后来，我反倒害怕有人接听了，那会吓我个半死的。出大事情了，不是世界就是我。我打开门，上阳台，阳光晒在脸上，炽烈了很多，马路还是静静的，大理学院的广播也停了。我傻站了一会儿，想抽烟，身边没有。想对着太阳大喊，这是咋了？可周围寂静得让我不敢出声。

可为啥还有电呢？还能上网，证明人类世界还在正常地运行着，但也不好说，是否一些机器设备在无人的情况下也能惯性地运作一段时间？我不知道。拨110、120，最后咬牙拨119，没人。

回到房间里，先打开冰箱检查一下，好在粮食充足，德国黑啤酒七八桶，鸡蛋十几个，水果一大堆，还有大米。不能在这里坐以待毙，我得出门考察一下，看看山下城里的状况。我往背包里装进啤酒外加一张喜周面饼，即使短暂回不来，也不至于饿死。但是，我怎么准确地找回来呢？这个小区还不熟悉，如果再没人问路，那一定有去无回。突然想起来，把一个 mp3 开启，循环播放一首歌，放到阳台上，这样回来，只要方向判断不大错，凭着外面的安静，保证很远就能听到这个航标灯，掐准时间，几个小时内回来应该没问题。我带上语音指南针，抄起木棍，果断出门。沿着路边向左拐，有一个石桥，对着太阳一直向东，就是小区的大门。一路上，放轻脚步，做贼似的，竖着耳朵，听旁边楼房里有没有什么动静，小区的大门外是一条国道，通向下关、昆明，往常一个人根本过不去，现在好了，敞亮亮的。大踏步翻过隔离带，直接走到路中央，坐下来，拿出指南针校正方向，应该朝北走，苍山在我左边，找到人民路路口向右拐，进入古城。人民路是大理的精华，彻夜都有人喝酒唱歌，如果路上也没人，那整个大理基本上就我老哥一个了。进入人民路上段，我放慢脚步，耳听，鼻子嗅，棍子戳，全身心地雷达搜索，快到博爱路了，右手边有家裁缝店，前几天，为了演出，我到他家定做了一件大长袍，藏红色的。我走上台阶，用木棍戳门，锁着，里面没人应声。过了博爱路，进入人民路中下段，两旁都是餐馆、酒吧、小客栈，这回我走上便道，挨个敲门。一路乒乒乓乓敲过去，到了九月酒吧了，平时总在这里喝酒，还演过几场，结果一推门是虚掩着的，屋子里一股股残酒剩烟头味儿，我犹豫了一会儿，大声问，有人吗？等了一会儿，大着胆子往里摸，进门右手是吧台，再往里是一张张桌子，不小心棍子扫到桌上一个酒瓶子，一声炸雷，瓶子滚到地上，跳了几跳，惊心动魄地破碎了。我原地呆立了几秒，等声音彻底消失，才缓过神来，再向前走是个小舞台，上面还有一把吉他。我又重新回到吧台，绕进去，打开冰箱，搜罗点吃喝，这也不能算偷了，几瓶啤酒，一袋爆米花，还有蛋糕。最后找到半瓶红酒，揣到怀里，坐在酒吧门口，晒着太阳，我拔开木塞，喝它一小会儿，补充些体力。喝得晕晕的，走到路中间，对着苍山光天化日地撒泡尿，很刺激，想起小河当年还在舞台上拉屎呢，那需要什么样的心态呀？我还想，可以躺在路上，手淫一把，这更刺激了，想着想着，下面就有反应了，我伸个懒腰，就着大理上午绝美的阳光躺下来。拉裤链时突然惊觉，不行，万一世界还存在，只是我精神出了问题，比方周围很多人，我感觉不到，他们正商量着我为啥突然发疯，想送我去医院啥的，我这样一淫乱，那大家岂不要疯了一样拍照发微博，等我有朝一日醒过来，还咋做人？中国最人文的民谣歌手，从此再没脸演出了。惊得我一身冷汗，要不说两句吧，有备无患。啊，朋友们，谢谢你们来看我，我精神出了点问题，很快会好起来的，别把我送精神病院，如果你们信任我，请握一握我的手。于是我举起左手，悬空等着，盼望从虚空中被握住，但只有苍山上吹下来的风，飕飕从手指间掠过。不存在，绝对不存在，这本是我朋友坨坨养的一只狗的名字，总在人民路晃来晃去的，不存在呀绝对不存在了，成了我现在的名字了。爬起来，去洱海，看看那里有啥变化。向东走出洱海门，向左要走到柴村码头，前不久，大家还在那儿搞过一个民国范儿的摆摊小集市，每个参加的人都穿上旗袍马褂，现在人都没有了。离得很远，听到洱海的浪声，真像大海，因为人没了，自然界才开始大声说话。走到海边风很大，呼呼地从远方吹过来，裹挟着水汽。一个浪"啪"地打在我脚前，水花溅了我一裤腿。找个台阶坐下来，给家里继续拨电话，还是没人接听。想起老妈，一辈子操心，她喜欢看花，早应该把她接到大理来，这里花很茂盛，四季不败，老爸瘫在床上，早就梦想春节能喝上一口茅台，现在我能买得起茅台了，他也不能喝酒了。想起二十多年前初恋的女友，她叫微微，分手的时候哭得泪人似的，最后把浸透泪水的手绢留给我做纪念。还有后来的女朋友，为我盛饭夹菜，拉着我翻山过河，得过我什么好？我像个阴郁的爬行动物，抽冷子反噬一口，然后"嗖"地钻进草里，谁也不管、谁也不理，这下子报应来了，可算彻底孤独了，能写小说，能写新歌了？你们都在太空里，只有我在地球上，自己的歌成了自己的谶语。对呀，是不是我已经死了？按照生前的作为，上帝给我安排的地狱就是孤独地狱，不用火烧油烹，永远直面一个人的虚无；或者是死后的中阴期，大概四十九天，在世界上最后的逗留，还有可能我闯入了另外维度的时空，那苍山洱海怎么解释？这样的，我们和微生物同处于一个时空，它们生命短暂，只有千分之一秒，它们看我们就像一群山，动也不动，而我们也感觉不到它们的存在，所以我虽然还在大理，可由于时间维度变了，我也就感觉不到别人了。这要写成书，保证大卖呀！我顺手抽了自己一巴掌，都啥时候了，不存在，绝对不存在呀，我真是狗改不了吃屎。太阳转到南边了，要抓紧回去了，不然航标灯没电灭掉，我就彻底完蛋了。沿着来路摸索顺利找到小区大门，隔着几百米，听到 mp3 播放的音乐，电吉他架子鼓叽里哇啦，像一只被关在罐子里的蟋蟀，不屈地叫喊着。顺着声音的绳索摸到家门，出来竟然没锁门，开机上网，还是没有回复转发。再发：我要强奸某某某。没反应，再发一些敏感词，这以前都发不上去，现在发上去了，证明小秘书也不工作了。那就等吧，等世界重新启动，找我来，等外面第一辆汽车开来，等手机铃声响起。时间一下子没有了隔断，明天无遮无拦，白茫茫，大地干干净净，睡着了梦见一屋子的人，喊喊喳喳地说话，醒来房子静得怕人。有时候分不清梦和现实了，清醒的时候更像是荒诞无解的幻觉。我想，不能这样等下去，外面还有风以及大自然的声响，房子里只有全人类的鬼魂，虚幻的人群像蚂蚁一样，啃食我的精神。我害怕最终发疯，剁自己的手指头吃。在某个清晨，但愿那是人类最后的清晨，我下定决心，背上旅行袋，装上所有的粮食和酒，准备向下关，以及更远的昆明出发。敞着门，电脑也不关了，再见了大理。

沿着国道向南坚持走几天几夜，我想能走到昆明，几百万人的大城市，有充足的食物、酒和水，有大大小小的房子可居住，也许我能顺利地在那里活完一辈子。这时，天空一道电光长长地划过，世界永久地停电了。我不知道这些，我只有希望上天留下一个姑娘，在远方的某处也向这边走来，但是她要是脾气很坏呢，头发生满虱子呢，最可怕的是她根本不爱我，那就继续向更远处走呗。

2013 年写于大理

京都梦寻

　　我被尿憋醒了。穿上棉裤到外屋地，提起那个臊烘烘的尿桶，准备撒尿。这时，全家人都起来了，排在我旁边，等着用尿桶。我越着急越尿不出来。梦醒了，庆幸自己躺在大理家的床上，卫生间里刚装好舒适的智能马桶，刚才的情景是四十年前的童年往事。但是，我要写一篇文章，明天就要交稿，已经拖了好久了，跟尿不出来的焦虑差不多。

　　做梦为啥不用打草稿，自然天成？几分钟就有了个漫长的近乎荒诞的故事，那我索性就试着做个梦。

我是个失明人，到京都，想学习弹奏三味线。听说这里有位盲艺人大竹师傅，三味线弹得特别好，他有自己的庭院，还有专门的弟子鞍前马后地服侍着。我也想像他一样，掌握一门手艺好好地过日子，将来讨个老婆成个家，那多好！

我这次来京都专门为了寻访大竹师傅。我先到祇园住下，这儿可以见到很多艺伎，大街小巷也有一些表演场所。我想应该能在这一带寻到大竹师傅的下落。

樱花还要过一个月才开放，这时的京都人不多。

我先去六波罗蜜寺参拜辩才天。辩才天是一位掌管音乐文学的女神，也分管财运。我按照规矩，进山门，洗手，恭敬地来到辩才天像前，奉上五元硬币，拍手请神，恭敬礼拜。然后把一枚方孔钱在神前小心清洗，放在身上，带走。这就是我的护身符，它会保佑我顺利找到大竹师傅，学会弹三味线。

大竹师傅在哪里呢？我到居酒屋询问，向路上遇到的艺伎打听，无果。有一天，我沿着鸭川散步，听见一位老者唱久远的和歌，歌声凄婉绵长，若有所悟。我伫立倾听，等他唱完，赶忙上前鞠躬问询，是否认识一位弹三味线的大竹师傅？真是幸运，他竟然有所耳闻。他告诉我，很多年前他在清水寺门前，听过一位盲艺人弹三味线，姓名忘记了，估计是我要找的人。我千恩万谢之后，马上赶往清水寺。

清水寺大名鼎鼎，我当然早有耳闻。一路上山，两旁都是卖油纸伞、抹茶的小店铺，穿着木屐的女子"嘚嘚嘚"欢笑着摩肩接踵走过。进入了仁王门，我想应该先礼拜一下，我跟随人群走入一间殿堂，沿着楼梯向下走，手扶住身侧倾斜的绳索，一步步往下。据说，走入地下某处，会有一束光透过缝隙照见菩萨的名号，在那里祈求最灵验。我紧跟着前面的人，一步步向下，下面完全黑暗，这时我倒自在多了。黑暗对于我是日常生活。等到前面的人停下、口里念念有词开始许愿，我判断，菩萨名号处应该到了。我也双手合十祈求菩萨帮我这可怜人实现愿望。等我随人群走上地面，听见人们长出了一口气，估计大家又看见日光了。可是我还得在黑暗中长久地生活，慈悲的菩萨你显显灵吧。

再向后走，就到了清水寺著名的地主神社，那是京都求姻缘最灵验的所在。每逢节日，全城的少男少女都来许愿。今天，既然来了，我也想求一下。本来学三味线，学好了，最终想靠这门手艺娶个好老婆。所以，求姻缘跟找师傅的目的并不冲突。我到神社前，潜心礼拜，默默祝祷：给我一个好老婆，比别人的差一点也可以，就算不学三味线，直接有个好老婆也可以，不是也可以，那就更好了。不用爬台阶就到山顶，正是我所愿。

这时，我遇到一位庙里的和尚，他见我一个没眼人，礼拜如此虔诚，就好心地过来询问有啥诉求。我没好意思说想娶老婆，想起来此行是要寻找大竹师傅，就请问他是否见过一位盲艺人，弹三味线的。

这时菩萨显灵了，这位和尚还真知道。据他说，很多年前大竹师傅是在清水寺门前表演，很受欢迎。每回都能收获善男信女的钱财资助。他身边常有个女子，带他走路，帮他收好观众撒来的钱币。后来，听说那个女子与他发生了争执，好像是有关男女情感上的纠葛，之后只能见大竹一人拄着盲杖来表演。再后来，善男信女的资助渐少，大竹有点心灰意冷，就去岚山寺庙出家了。

那现今他还在岚山吗？和尚想了想说，年深日久，没有消息了。唉，菩萨到底啥心意嘛，看来我还要去岚山走一趟了。

我爬上去往岚山的有轨电车，摸索到一个空座位坐下。车摇摇摆摆咯噔咯噔地比我走得快不了多少，走几步就停一站，有的站我来过，有的站连名字我都没听说过。

过了二条城，上来几个女生，叽叽喳喳地挤到我面前站着。车窗外，已经有了几分春意。大概这些女生是去城外郊游的。

车一个急转弯，车身剧烈地晃动起来，一个说得正开心的女生站立不稳，竟然一下子坐到我腿上，车还在摇晃着，女生惊慌地挣扎着想站起身，反倒跌入我怀里，我下意识地去扶她，感觉她穿的应该是和服，头上插着一朵花，女生的身体散发着瑞香花的气息。终于车身平稳了，终于她从我腿上站起来，我还没顾得上听她说道歉的话，竟先脱口而出说，谢谢啦！这是真心话。我这个盲眼人，从来没触摸过陌生女子的身体，何况是这样坐进我怀里，花一样的年轻的身体。

感谢清水寺的地主神社，这么快就应验了。菩萨到底是慈悲的，虽然只是一瞬间的欢愉，可对于我这可怜人来说已经足够了。很多人厮守一辈子，不也是同床异梦，最后劳燕分飞、各奔东西嘛。

我双手合十默默沉浸在这短暂的欢喜中，鼻孔里还残留着瑞香花的香气。岚山站到了。

我走上竹之道，通过自己脚步声的回音，以及皮肤对温度的体察，我觉察到两侧的竹林遮天蔽日，鸟儿在高处扑棱着翅膀飞来飞去。拐上一个山坡，一直向上，我走到山顶的观景台，山下是峡谷，山对面传来悠悠的三下钟声，那儿一定是个寺庙。我又转身下山，走到河水边，这里应该是桂川，我听到河水上有划船的桨声。

我沿着桂川往回走到渡月桥，过桥来到河对岸，再沿岸边向山里走。一路上坡下坡再上坡，越走地势越高。爬了一大段石阶，找到了山门，里面果然是个安静地隐蔽于山中的寺庙。

寺中的和尚见我身体有障碍还能走上来礼拜，先

递给我一瓢泉水，此时我也真渴得嗓子冒烟了，嘟嘟
嘟地一口气喝干，再连忙鞠躬致谢，说了我的来意。
和尚沉吟片刻，说大竹的确在此出家，出家后法号是
崇光，不过很遗憾，他前几年圆寂了。我听闻噩耗并
不怎么太沮丧，一路找过来，历经波折，我已经对此
行的得失看淡了，只是觉得身体疲倦，心里却似乎很
平静。

　　和尚为了安慰我，说大竹生前弹的三味线在庙里，
他可以拿来让我抚摩一下，也算我不虚此行。他回房
间拿出那把三味线，擦拭干净，交到我手里。我还不
会弹呢。琴弦已经很旧了，斑斑驳驳的，我左手随意
按在琴弦上，右手拨弄几下，叮叮叮的琴声细微凌乱，
我想我再也没机会学习三味线了，这可能是此生第一
次也是最后一次触摸它，不禁悲从中来。我又拨弄了
几下，左手煞有介事地移动了几个位置，声音有所变
化，不过还是很胆怯、很自卑的叮叮叮的几声。这个

乐器就是为卑微的人发声的吧。那些不足为外人道的小小的心酸渴望、求之不得、辗转反侧，注入这琴弦，暗暗地向自己的内心回溯，一小点悲苦加上一小点喜悦将是我一生的总和。我一下子懂得了三味线的真谛，虽然我还不会弹，但这也算菩萨慈悲地点化吧。

和尚接过三味线放回去，他告诉我，崇光葬在附近的嵯峨野，如果我还有力气，可以去祭拜。我万分感谢，准备离开下山。临走，和尚询问我的属相，得知我属狗，送了我一串阿弥陀佛的手链。他嘱咐我，阿弥陀佛是属狗人的守护神，人生不如意十之八九，阿弥陀佛的极乐世界才是永恒的乐土。我闻了闻手上檀香木的手链，再次鞠躬感谢。

转身出寺循原路下山。来时桂川在右，回去桂川在左。过了渡月桥，我返回对岸，走了不远，到了嵯峨野，那里漫山都是墓园。守墓人不在无从询问，我只能盲目地走走，随手摸摸路旁的墓碑，有的碑石上字迹模糊，有的长满了苔藓。我根本就不可能找到崇光的墓了，到此也就是给自己一个交代罢了。黄昏降临暮色四合，空中有晚归的鸟儿鸣叫着飞过，更多的是乌鸦呀呀呀的沙哑的叫声，让人倍感荒凉。

我想起另一个梦：在东北沈阳的铁西区，电线上停满了乌鸦，一排排的一动不动，忽然"呀"的一声一起飞起来，像一大片乌云扑向高处的烟囱，融入滚滚的黑烟中。还有一个梦，大理苍山下，有一种鸟儿，叫声和猫叫一样，喵喵喵地飞过头顶。

千山万水地寻找老师学习演奏三味线，出人头地后找个好老婆，这些愿望只需变成一只鸟就能实现了。鸟儿躲进茂密的树叶间，快乐地交配，等事情结束了，站在枝头幸福地叫一叫，不用调弦，无须练嗓子，自然而然地发出声音，呀呀呀也好，喵喵喵也好，把心里的喜怒哀乐叫出来，千回百转，一鸣惊人，人间的琴师，穷尽一生的技艺，也难以企及。

可是怎样才能成为一只鸟儿呢？死去、转世、投胎，还是做梦化身为鸟儿不再醒来，挣脱此间黑黢黢的破壳子，轻身一跃，飞向高处，江河湖海尽收眼底。那就是阿弥陀佛的极乐世界啦。

2018 年 4 月 12 日写于大理

高渐离

高渐离起初只想有生之年过上太平日子，做个平凡人，吃肉喝酒了此残生。

他们那一拨人的热血，都给了荆轲。荆轲失败了，他们也该随之销声匿迹。他隐姓埋名，替一户官宦人家扫院子。太阳出来，就拖着扫把，一下下地扫，忽而激愤地快扫几下，忽而颓唐地缓慢挥洒。把蝼蚁落叶通通扫尽，如驱六国残兵。本来可以这样过下去，一直到汉朝，也许那时候再出来，还能荣归故里。

刘邦是很敬重他们这一代人的。

可他能忍受平庸的日子，能忍受麻木的脸，就是不能忍受平庸的音乐。

那天，主人家宴请贵客，厅堂上有人击筑唱歌。他低头扫院子，越扫越慢。难道谁都能击筑吗？他拄着扫把，仰天喟叹。

实在听不下去了。他丢下扫把昂然上堂，忘了尊卑礼仪，指出这筑不是这个击法，要有轻重缓急，轻如鸿毛，重如泰山，可以浮光掠影，可以生死相搏，有的时候甚至要打破常规，快一刹那，迟一刹那，其间微妙处全凭心绪的涨落。

厅堂上，鸦雀无声。有个贵客，长身询问，先生何人？

高渐离转身回房间，换上他当年易水边送荆轲穿的礼服，轩昂地再次步入厅堂。满座骇然，主人奉上筑，高渐离接过，宛若抱情人入怀。

那是什么样的音声，仿佛把钱塘潮引入池塘。普通的茶余饭后的小耳朵、小心脏，无法承受这巨大的冲撞。

稀里哗啦，酒杯落地烛光明灭，满座主宾呆若木鸡。

他打破沉默，小声说，我是高渐离。

从此，他的音声和他的名字开始流传开来，高渐离还活着。

始皇帝知道了，他派赵高去，把高渐离找来。他已经听腻了秦声，总是"岂曰无衣，与子同袍"。他现在迷恋楚国迷幻缥缈的音乐、齐国堂皇庄重的音乐，也想听燕赵悲歌。他把那么多死赐给别人，但自己再也没有遭遇过死的恐惧，只有荆轲让他恐惧过。荆轲扯住他袖子那一瞬间，死神跟他面面相觑。荆轲是个大丈夫，值得他敬重。他讨厌那个躲在后面的燕国太子丹，就会流别人的血报自己的仇，只不过是个胆小的伪君子，死不足惜。

如今，高渐离还活着，那是荆轲的好朋友。荆轲的残魂，将会附在高渐离身上。他想再见一次荆轲。

赵高见到高渐离，第一句话就说，我是赵国人，全族长辈，在长平之战中，都被白起活埋了。沉默了很久，他说，天下是始皇帝的，你逃到哪里都没用；走吧，始皇帝要听你击筑。

这个国家崇尚黑色，五行属水；周，属火德，秦代周，水克火。

他跟随赵高，走到这个黑暗帝国的最黑处——始皇帝的阿房宫。阿房宫是一所黑夜的宫殿，亭台楼阁各抱地势、钩心斗角，长桥回廊，就像地底下纠缠蠕动的蛇。始皇帝藏在黑暗深处，只有他要你死的时候，你才能感知到他的存在。

丞相李斯向始皇帝进言，高渐离和荆轲一样，是天下闻名的勇士，提防他借此为荆轲复仇，皇帝如想听他击筑，必须先熏坏他的双眼。

赵高亲自践行，高渐离成了个盲人。

赵高牵着高渐离上台阶下台阶，跨门槛，拐弯再拐弯，走进了一所空旷的大殿。他要在此为始皇帝击筑。起初，宏大的回声，把高渐离自己都震撼住了。

过去，他是在观众们的脸上看到他音乐的回响，惊讶的、激动的、羡慕的。他看到的是水面波纹荡漾，那是他音乐的大石头投下去的结果，这让他有荣誉感。自己的价值，就是让这水平如镜的湖面波涛汹涌起来。如今，他看不见了，他的音乐代替了周遭的日月星辰。原来每一声击打，都那么惊心动魄。

丞相李斯向皇帝进言，高渐离击筑的时候，皇帝不要发出声响，盲者可以靠听觉判断方位。这也是潜在的危险。

高渐离击筑时，大殿内外鸦雀无声，没有人喝彩叫好。

一曲唱罢，有人无声地端来一大盘猪腿、羊腿，还有几大碗烈酒，放到他手边。这证明皇帝听美了，很满意。

本来，他可以这样活下去，有酒有肉，给皇帝唱唱歌，一直到天下再次大乱。然而，连着几个晚上，他梦见荆轲，他们在燕国的街市上喝酒唱歌，喝醉了就旁若无人地抱在一起哭。醒来，他想那般好光景里，哭什么呢？是预感到生命来日无多？是预感到六国即将覆灭，万马齐喑千人一面四海之内异口同声的时代快来了吗？

没办法苟活，一切还没有结束。他必须干一把。就像音乐需要最后一个强音，一锤定音做个了断。要不然，像爵士乐一样拖拖拉拉的，没完没了，一直挨到心如死灰。最后，都不知道何为结尾。

高渐离把筑灌满了铅，他亲手毁掉了心爱的乐器，把它变成了武器。

多少天的演奏，他已经摸索到了大殿里的情况。通过他击筑时候在场人的呼吸变化，他能觉察到皇帝的嫔妃呼吸是轻轻地吹气如兰，音乐高潮时，她们的喉咙里会发出小动物似的哀鸣，只是短促的一小声。那些身经百战的武士，呼吸深沉悠长，音乐紧张时也只是深吸一口气，然后缓缓地吐出。大殿里唯一的没有呼吸的方位，就是始皇帝所在。那个一句话可让千万人头落地的怪物，他必然是一座冰山，不敢动，不哭泣，不笑也不哭。就照着那个方位掷过去。

赵高来找他了。赵高说，我知道你准备干了，但是你的判断不见得准确，始皇帝坐在哪儿？明天，请你唱那首风萧萧兮易水寒，我会随着节拍呼吸，这支歌我很熟悉，到结尾我会屏住呼吸，眨两下眼的时间，你一定能听出来我的方位，我站在始皇帝身后。临走，他回头说，全族只剩下我一个人了。

高渐离动摇了，他觉得赵高如果想出卖他，有一千种方法，不需要这样。

第二天，高渐离拿着他的变沉重了的筑，走进大殿。他没有像往常一样击筑，就那么扯嗓子有腔无调、撕心裂肺地高喊，风萧萧兮易水寒，壮士一去兮不复还。

十年了，他重唱这歌，比十年前唱得还好。这一次，歌是为自己壮行的。

整个大殿里的呼吸随着歌声急促起来，就像山风吹过树林。他觉察到，曾经无呼吸的寂静的空白处，始皇帝竟然被触动，也不由自主了。如按原计划，他真的无法判断那个怪物坐在哪儿。幸好，他听到一长串的呼吸深深浅浅合着他的节拍，等到最后一个字唱完，那个呼吸停顿了眨了两下眼的时间。高渐离朝着那个方位投掷手中灌满铅的筑，"咣啷"一声，他心爱的乐器一声大响断成几截。

第一次，他听到了始皇帝的声音，响起在另一个方向。始皇帝笑了，先是短促的如深夜猫头鹰般的窃笑，接着升高成旷野里的狼嚎，震得梁上的灰尘下雪般落在他脸上。

　　赵高一直想，怎么能告诉九泉下的高渐离自己的想法呢？

　　如果，你当时杀了始皇帝，那么即位的会是太子扶苏。扶苏宽厚仁慈、善于纳谏，他跟执掌兵权的蒙恬关系密切，如果他做皇帝，秦国将有可能千秋万代地存在下去。至少，我有生之年看不到它的灭亡。那可不行，所以你不能杀始皇帝，尽管你和荆轲都是我敬重的好汉子。

　　看我的复仇多美妙，你刺杀始皇帝失败后，他再不敢接近外人，越来越疑神疑鬼，只信任我一人。在沙丘，我怂恿胡亥威逼利诱李斯篡改了始皇帝遗诏，赐死了扶苏、蒙恬。接着弄死了李斯这个狡猾的大老鼠。逼迫能打仗的章邯，投降了项羽。二世胡亥也让我吓唬得自杀了。秦国朝野上下没人了。马上，刘邦就快进入函谷关了。我的日子也不长了。全天下人都恨我入骨。

你的复仇，也就是街头小混混打架斗殴，什么我剁你手、打破你的头。匹夫之勇！我的复仇，那真是放眼天下的大手笔，鬼斧神工、撼人心魄，跟你的击筑有异曲同工之妙。

好了，我要去秦王子婴那里了，小娃娃设下圈套要杀我。这点小伎俩我能看不透吗？反正，死在谁手里都是死，给这孩子点面子，让他高兴高兴，他的日子也快到头了。忘了告诉你，项羽坑杀了二十万秦军，那些被活埋的赵国人可以含笑九泉了。

这回该我唱"风萧萧兮易水寒，壮士一去兮不复还"。请你在地下为我击筑吧。

2019 年 3 月写于大理

好玩死了

李云

李云死了。

我说啥也不相信，结实得像头驴似的他会死。他是那种躺哪儿都能鼾声如雷，三天不吃饭还活蹦乱跳的主儿。只要手里有啤酒，就永远精力充沛。

某年大年初五，我收到短信，李云已死。

他在上海的朋友家喝酒，他自己带的泡酒，据说他当时刚从泰安老家回上海，临出门，老妈还给他做了一顿好饭，来上海看看朋友，然后去浙江拍电影。

那天李云喝了一大壶泡酒，我猜想，还喝了些啤酒。山东人喜欢喝完烈酒，再喝啤酒透一透。当晚，他住进一家洗浴中心。在浴池里，呛水窒息而死。可能是喝得太多了，躺倒在浴池里起不来了。

李云应该是 1975 年出生，属兔的，生在山东泰安。爸爸是蒙古族，父母早早就离婚了，他爸爸后来又结婚，生了个妹妹，他从来没见过。所以，李云每回泡妞前，都问问人家的出身，据他讲怕勾搭上他同父异母的妹妹。

李云长得高高瘦瘦的，脸部棱角分明，挺帅的。

大概是 1995 年，我在圆明园那阵儿，有一次去北师大卖唱，遇到一个在矿业大学上学的学生，他就是李云。当时，他的女友在北师大读书。我那时候流浪歌手的状态对文艺青年很有杀伤力。李云就坐在我旁边听歌，给没给钱我忘了。当天他就跟着我进圆明园了。真是在劫难逃，一看到圆明园那么多画家、诗人、摇滚人，李云一下子找到了组织。

过了几天，他拖着行李卷儿来找我，说不上学了，要跟我们混。

他还带着他那个北师大的女友，当晚喝酒的时候，女友转眼不见了，李云赶忙放下酒瓶到处找。经高人指点，发现他女友进我隔壁画家的屋子里了。房门从里面插上了。李云这个急哦，敲门砸门，把房东都惊动了。女生原来在画家屋里欣赏油画呢，画家不知道怎么想的，把门插上了。这是圆明园给初来者上的第一堂课。这里狼多肉少，务必看好自己的女友。

李云从此在圆明园住下来了。他水性很好，经常去福海里游泳，潜到水底捞河蚌，回来用清水煮了下酒。他还在圆明园草丛里抓过刺猬，裹上泥巴，烤熟了，还是下酒。

不久，他在一个鼓手那里买了一套架子鼓，五百块钱，房东不允许在房间里乒乒乓乓地打鼓，他就把架子鼓搬到废墟旁的树林里，每天早上，在树林里抓完刺猬、打完鸟，就开始练鼓了。也不用节拍器，随心所欲凭着感觉乱打。他后来练成的鼓的节奏都是一瘸一拐的，喝多了就越来越快，没劲儿了就越来越慢。

李云还爱话剧，记得他有一阵狂热地爱读《一个无政府主义者的意外死亡》。经常一边喝着啤酒一边给我朗诵，读到剧中女警花开导无政府主义者那段，当西西里的葡萄熟了的时候……我们会笑到拍手跺脚，实在太黑色幽默了。他自己创作了几个剧本的框架，有一个是讲两个宿舍的人网恋，以为对方在天涯海角，到头来发现两人住隔壁。二十世纪九十年代，这样的构思算有点新意。

李云还写过一首歌，吉他和弦就两个。有一句歌词是，我看到天上的飞机，那是飞往美国的飞机。啊，美国啊，美国。

他是那类人，什么都干，什么都不深入。只有喝酒是持之以恒的，早起就提着一大瓶啤酒。临睡了，枕头边还是一大瓶啤酒，但是他不长肚子，越喝越瘦。他说他上辈子是个酒瓶子，吸收了天地灵气，这辈子转世为人。估计他上辈子也不是啥好酒瓶子。

他喝得最多的是小卖铺里最常见的大绿棒子，一块五毛钱一瓶，退瓶还能找点零钱。

1995年年底，我去外地卖唱了。第二年，他带话给我，说他回泰安了。说泰安多么多么地好，饿了可以上山摘果子吃，馋了下水库捞鱼，扎啤一大杯一块三毛钱，说得天花乱坠。我于是动心去了泰安。好几个当年的穷朋友早就来了，然后大家喝起来意气风发，展望未来美好的蓝图。我们在泰安成立了个乐队，名字叫"黑洞"，人家叫"黑豹"，咱叫"黑洞"，都是"黑"字辈的。

"黑洞乐队"，鼓手当然就是李云了。我是主唱，我们在泰安大桥上演出过，就是卖唱，挣点啤酒钱，顺便认识点矿院、卫校的女生。

李云很有女人缘，长得帅，还会玩。他并非那种滥情的人，对女友还是很深情的。在泰安的时候，他的女友是个营业员，经常来给我们乐队做饭，改善伙食。

李云是真爱泰安，没事儿就爬一趟泰山，登顶跟家常便饭似的。通常是穿着拖鞋，拎着几瓶啤酒，闲庭信步般上了南天门。对于泰山的典故，他如数家珍，比方秦琼在哪里拴过马、秦始皇在哪里避过雨、吕洞宾修行的洞在哪里。跟他爬泰山，他能帮你背包，能为你绘声绘色地讲故事，难得的好导游。最关键的，他带人上山不用买票，从山沟里钻进去，避开门卡。爬完山，他就带我们去虎山公园游泳，或者经冯玉祥墓沿山路向上，有个大水库。下雨的时候，山上的水冲下来，水库的大坝会形成个瀑布，轰隆隆的，水声浩荡，很震撼，那儿也是游泳的好地方。

泰安还有个奈何桥，不知道为啥起个这样不吉利的名字；有一所卫校，女生很多；有一所矿院，属于高等学府，里面有一些初级的文艺青年。

"黑洞乐队"没有演出，每日只能坐吃山空，要想别的办法挣钱。我们去矿院贴广告、教吉他、教鼓，也教唱歌。教学地点就在我们住处，十堂课一个学程。还真的来了几个学生。没上几天课，城管按照街边贴的地址追过来了，罚了款，告知以后不准乱贴小广告。这条路也堵死了。

李云向家里借钱，支了个烤肉摊，据他说，他有蒙古人血统，烤羊肉串有天赋。几大桶啤酒摆好了，羊肉串好了，炉子点上了，全体"黑洞乐队"成员，坐在路边等生意，等了半天没人来吃。大家商量，可能味道不纯粹，要不大家先品尝一下，提提意见，也是为了产品质量更上一层楼。于是，大家甩开腮帮子开吃，当然啤酒也不能放着不喝。连续几天，旁边路过的人看着纳闷，这个烤肉摊，几个烤肉的人自己在那儿大吃大喝。家里拿来的钱，吃光喝光了。烤肉的水平的确有了长足的进步。但是，没钱买羊肉进啤酒了。梦想破碎，乐队就地解散，大家各奔前程。

又隔了几年，我回北京了。李云也回来了。他传授我经验，说最近他在校园里卖唱，趁老师下课的一小会儿，冲上讲台，抱起吉他，唱一首歌，马上收钱，十分钟能挣几十块钱，比我街边卖唱大半天还多。那咱就试一试呗。我跟他去了，魏公村那儿的民族大学，据说那里的食堂饭很好吃，姑娘又漂亮。本来他唱完就可以收钱跑路的，带个我成了拖累，我行动迟缓，还没来得及收钱走人，保卫处来人了，把我俩带到办公室，说要报警。保卫处的老师询问我俩上没上过学，没别的方法谋生吗？这下子，李云发火了。他拍案而起，指着老师拍着桌子，我读的书比你多，我英语比你好。那个保卫处的老师都有点蒙了，这是咋回事？

怎么反客为主了？那个老师回过神来，不由分说就要打电话给公安局。要是真打电话了，我们会被遣送，先到昌平挖沙子，挣足路费，然后被遣送回老家。我见势头不好，赶快服软道歉，老师，他年轻不懂事，瞎吹牛。要是我们真读过书，还跑这儿来卖唱干啥？我回头一定好好批评教育他。结果，保卫处把我们放了，警告我们，永远不要进民族大学校门一步。

李云就是这种人，好玩当然好玩死了，但是别想跟他正经八百地做点啥事情。

又一些年，李云去上海了，上海暖和，暂时无家可归也冻不死，并且山东小伙在上海有一定的竞争力。加上北京艺术家太多了，跟大白菜一样论堆儿，上海流浪艺术家比较稀罕。

李云又找我了，说可以把"黑洞乐队"集合起来，在上海发展。

我到上海一看，哥儿几个住在"华师大"里，一人一个女朋友，大三、大四的都有。

我们就在学校的小咖啡馆里开始排练了，鼓手还是李云。据他说，这些年他在上海滩闯出了一些名堂，已经跻身于上海滩四大鼓手行列。我也没打听那三大鼓手是谁。据他吹，他技术虽然不如那三个，但他感觉好。

我们在学校演出过几场，免费的，顶多是主办者搬给我们一箱啤酒。一边喝一边演。后来，在浦东东方医院附近，我们应聘了一家酒吧，给钱的演出，还真演了一阵，后来越演人越少，我们又失业了。

李云还是一天从早喝到晚，手都开始有点抖了。打鼓越来越没力气。他说要干老本行，去演戏，要找人排练话剧，剧本他有现成的。我对他没啥指望，离开上海自谋出路去了。

某年，我在北京宋庄参加一个艺术节，又遭遇李云了，他还真排了个话剧，从上海带着一大帮人，来宋庄演出，好像是讲一个精神病院的故事。

接下来他一直在上海发展，还去过温岭待过一阵。

2000年以后，大家都开始上网了，我看过他的博客，讲的是跟朋友排话剧的事情。彼此联系很少，总觉得忙过中年，等老了，还有机会重新聚首。

结果他真的在变老之前死去了。

据说他最后一篇博客讲的是在老家泰安，妈妈做的饭很好吃。年没过完，他就匆匆告别老家亲人到上海。他是很爱上海的，临了死在那儿。醉中生，梦里死，说的就是他这种人。比起继续喝很多年，患上肝硬化，躺在病床上老无所依，没钱医治，要靠朋友帮忙筹款（救救艺术家，募款医疗费），那样的结局还不如这样爽快。

他死后，洗浴中心赔偿了几万块钱，这应该是他此生最多的一笔收入了。

上海的朋友给他开了追悼会。妈妈远在泰安，太伤心，没来。骨灰运回泰安安葬了。他一辈子最爱的地方应该是泰安和上海了。死在上海，葬在泰安，也算得偿所愿。

他当年的那首歌，只有我记得：我看见天上的飞机，那是飞往美国的飞机。啊，美国。

他还没出过国。

后续：

写完此文，我好奇，李云后来还做了些什么好玩的事情？我们只能算萍水相逢，在一起玩儿的时间并不很长。我上网搜索他的博客，还真的找到了，只不过博客里已无人，可能我是唯一的访客。仿佛一个人徘徊在荒冢间，寻找故人的墓碑。阅读他生前的文字，我发现，他后来的生活更好玩，更有滋有味。人不见得要呈现某种形式的作品，让人记住才算活过，有些人，自己的生活就是最好的作品。可能读者只有身边几个人。或者自己是唯一的读者。那又如何？千秋万岁名，寂寞身后事。李云就是这样的人。

这里摘录一些李云的文字，文如其人。好玩的人死了，依旧很好玩。其中有对我的回忆、对我的溢美之词，我就不删掉了。谢谢李云好兄弟，你对我如此信任，我给你的帮助太少。到如今，再想为你做点什么，人天相隔，来不及了。

一个流浪坏子的上海故事

(2010-03-03 19:53:07)

标签：杂谈 分类：往事如风

要离开这个跟我纠结了这么多年的城市了，还真有点伤感。

我熟悉这座城市的程度已经不亚于一个上海老伯。我几乎在每一个区租房住过，我知道哪个偏僻的小弄堂里的生煎好吃，知道哪条不为人知的小马路上的外贸店里有好看便宜的衣服。

第一次来上海是 1989 年，参加一个什么比赛，留下的印象只有灰蒙蒙的天和潮湿的街道。

1996 年，我们乐队跟着一个大篷车歌舞团全国巡演——演出的地方全是三线的县城。那时候刚好看过费里尼《大路》的剧本，对这种生活无限向往。现实往往是和想象不一样的，颠沛流离，打地铺，吃缺油少盐的面，甚至穴头扣发工资，我都能接受，但是我们巡演大多去的是偏僻的地区，经常因为地痞收保护费或者调戏歌舞团的女演员真刀真枪地打架。你躲不了的，一打起来女孩子都要抄家伙上。在我第一次亲眼看到一个和我朝夕相处的团员脑袋被一根钢管开瓢后，我说，团长，我不要工资了，让我走吧。

我们的工资是年结的，中途退出是一分钱没有的。我把我的架子鼓卖给了团长，200 块钱，逃离了那个歌舞团。

　　然后我在南昌一个咖啡馆唱歌，一个来咖啡馆玩的南昌大学的女孩说，能不能请你来我们系的新年联欢会唱一首啊？我说好啊。演出结束后孩子们给了我一大束花，我乐滋滋地抱着回我在谢家村租的小屋，快到家的时候突然被背后一辆疾驰过来的自行车撞倒。我还没来得及爬起来就被四五个浑蛋拳打脚踢。我一边护着我的吉他一边喊，大哥，你们认错人了吧，我刚到南昌，一唱歌的，跟你们无冤无仇啊。其中一个浑蛋说，把钱拿出来。我哭笑不得，就为我口袋里这几块钱，你们使那么大劲打我半天，还冒着被抓的风险，从经济学的角度来说，这是一次很失败的抢劫行为。

　　没几天，我来到了上海，从此跟这城市纠结上了。

广州往事

(2010-03-24 00:12:22)

标签：杂谈 分类：往事如风

24号，就要飞向期待已久的广州，跟直观的"新战友"在深圳折腾新一轮的演出了。心情澎的那个湃啊！

说起来，我多年前不但去过一次广州，还在那里生活过一段时间，那段日子可真叫诡异。

那是1997年，那年我在上海酒吧卖唱，又跑回北京在圆明园一山脚下租了个小房子，买了把斧头砍柴，自己烤肉串吃，又买了锯子和刨子，打算把房东的红木桌子改成一把琴。后来跟我的诗人兄弟回地一起去青岛，沿着海岸线徒步旅行，饿了弹琴卖唱，渴了找个山泉，晚上就在沙滩上数着星星聊着天睡觉。最后回到老家，在家人朋友的帮助下开了一家小琴行，教琴、卖琴兼修琴，生意惨淡。天天来光顾我生意的客人是一群比我还穷的摇滚小P孩，不但从不花钱买东西，还蹭我的烟抽。

这时候，接到了大万和二朗的电话，要我去广州组乐队。

那时候，谁约我去做乐队，就像现在谁约我去做戏一样，立马杀过去，八头牛都拉不住。

我以进价把琴处理给了身边那帮哥们。他们欣喜若狂，我也有了去广州的资金。

收拾好东西，我兴冲冲地杀奔广州，还带着自己的大唱机——我那时候玩黑胶唱片。

一到广州，先给了我一个惊喜，似乎是在天河体育场旁边有家音乐书店，里面有海量的香港过来的黑胶唱片，全是六七十年代的老摇滚、老乡村、老爵士、布鲁斯。我简直像耗子掉进米缸里一样疯狂扒拉。记得当时是十八块一张，也不算多便宜，可对我来说，十八块吃顿饭或者睡一夜宾馆太贵了，十八块买张喜欢的唱片就太便宜了。

　　坐了不知道多久的车，终于到了他们租的房子。重逢的欢喜和熟悉的笑容扫去了我对这个偏僻的地方的疑惑——我们在北京圆明园的时候住的不也是这种小村吗？

　　除了我和大万、二朗，还有一对小鸳鸯，男的说是二朗的表弟，能说会道，颇不讨厌。大伙一起烧饭、买啤酒、唱歌，回忆往事，其乐融融，只是我发现大万老是一副欲言又止的样子。

　　第二天一早，大万拉我下楼吃早茶。这是我第一次吃广东的早茶。在广州应该是乡下比较简陋的了，但对我这只知道早点豆汁、油条、包子的北方佬来说，已经瞠目结舌了。这么多花样啊！北京小吃也被人津津乐道，什么炒肝啊、面茶啊我也都吃过，可那都算是给游客尝鲜的，不是本地人的日常食品。你要想早上上班前吃碗炒肝，至少要排一小时的队，也好，正好错过三环堵车高峰期。

早点过后，大万带我在"城里"溜达。原来我们住的地方是从化，是广州的一个边远小县城，据说现在叫从化区了，我倒还是喜欢以前那种古朴的样子。

马路沿儿上有早市，卖蔬菜水果的。柠檬、木瓜、杨桃，一些我在北京上学的时候只有在过年、过节、过生日的时候才敢咬咬牙去超市买一个回来，跟哥们切成小片分着吃的稀罕水果，在这里就像红薯一样堆在街上，两块钱一斤。恨得我牙痒痒！

竟然还有香港老电影中才能看到的那种打扮、神态的阿公阿婆，蹲在路边卖我不认识的草药、自制的烟丝。一转弯走进一个巷子，一家我必须鞠躬八十度才能走进门的小商店（广州好像叫士多，我怀疑是store的音译外来语）。

草做的房檐很低，门更低。

屋里很黑，柜台上有大玻璃瓶子，装着红红绿绿的水果软糖。我记得小时候两分钱一块儿。

不知道一种什么味道，若有若无，一下子把我的魂儿拉到了几百年前。

我肯定来过这里，可这不可能啊？！我歪着脑袋在那里出神。

老伯问我们要买什么，大万买了两杯凉茶，拉我走出小店。

街上阳光响亮亮的，我看看太阳，再回头望望小店，刹那间恍若隔世。

接下来的几天，大万一直带我四处溜达，我终于见到了传说中的榕树、荔枝树、木瓜树，还有茂密的竹林。我们俩一人拿一瓶啤酒在野地里席地而坐，静静地听风吹过竹林的声音。

我想做乐队，所以我才叫你来的，李云。

我这不来了吗？我们马上就可以开始了啊！

大万咧了咧大嘴，有点想哭的样子。再等几天吧，现在他们在忙。你记住，你的钱要看好啊，广东乱，就算在卧室里，也要改掉你那钱包乱扔的习惯了。一定记住啊，李云！

哦！

我觉得这孩子来广州后怎么婆婆妈妈的了。

那是夏天，街上有很多小店，干干净净清清爽爽的，卖糖水木瓜啊，家乡猪脚啊，特合我胃口。我饭量小，在这里吃碗糖水就当午饭了。从小我就苦夏，小时候拿面包夹冰激凌当午餐，上学的时候学校有家地道的朝鲜冷面，我几乎天天中午在她家吃。后来感情好得那朝鲜阿妈妮恨不得有个女儿嫁给我。

转了好几天，我终于憋不住了，晚上吃饭的时候我问二朗，我们到底什么时候开始做乐队啊？

二朗打着哈哈说，再等几天，我们就有钱了，我们正在做一笔生意。

我说，咱用不了多少钱啊，你说，要多少？我琴行的资金都带过来了。

大万在旁边悄悄踩我的脚，我也发现了，天朗，那个表弟，和那个小丫头在交换眼神。

我说，大万，酒没了，陪我下楼买几瓶酒。

下楼后，我把大万扯到街角，问他，到底怎么回事啊，大万？你知道我缺心眼，你不能帮着别人骗我啊，咱可是一起流浪天涯同生共死的兄弟啊。

大万"哇"的一声哭了。你可以想象一张唱摇滚的大嘴在寂静的小城里哭起来有多惊人，我们被骗了，他们是搞传销的，其实二朗也不是骗我们，他也天真地以为来做几天工作，我们就会有足够的钱搞乐队。

这下我倒镇定了，嘿，就这小破事啊，亏你也走过江湖呢，咱走呗。

大万摆出慷慨就义的样子对我说，我俩的钱都被骗光了，这几天要不是你来，都吃不上饭了，你先走吧，别管我俩，我们在这里等着，看能不能有个说法。

靠，你见过谁骗人了还给你个说法啊？

他们好多人呢！

我突然觉得哭笑不得，发现这个写过很多好歌的一直挺被我看好的大脑袋像个猪头。

少废话了，走人！我的钱还够咱们仨的路费。大不了花光了，咱上街卖唱去。

二话不说，回去我当面挑明了话，我们是做乐队的，不是做传销的，我们要走。你们组织要有什么人不想让我们走，就来吧。我们三条汉子以前江湖走穴流浪演出的时候也没少见过阵势，我能单掌开砖头，估计大万应该跟你说过吧？

这气势还真把他们吓着了。

　　我虎视眈眈看着这俩小狗男女，让大万快点收拾东西（牛皮是吹了，真要来几十个人还真不好突围，三十六计走为上）。

　　他俩东西不多，我早知道广州热，也没带多少衣物，就我那大唱机和那一大堆唱片——妈的，不要了。连夜坐上去江西南昌的火车。快进站时大万才提醒我腰上还别着一把菜刀呢。那是我出门前偷偷别上的，防备路上被他们拦截。

说说周云蓬

(2010-02-22 05:47:46)

标签：杂谈

　　我还不到写回忆录的年龄，可很多故事，我怕我不说出来会忘了。

　　我的故事应该从我退学那年说起。

话说1995年，我在学校门口见到了街头卖唱的周云蓬。于是我退学，跟他去了圆明园艺术家村。

我们一起在街头、酒吧、大学卖唱，一起纵酒高歌、流浪天涯。

我们组过乐队，办过诗社，睡过大街。

无法复制的青春，不能磨灭的记忆。

他是我的良师、益友、哥们。

他就是被称为最具有人文气质的民谣歌手——周云蓬。

一　别人说

他以大师的方式唱，以诗人的方式写。大师和诗人，都不是比喻，而就是它们的原义。

这在歌唱界很独特。身为一个视障者，周云蓬没有表现出他在生理上的任何缺陷，心理上则恍然无觉。他的阅读广博，阅历也广博，心智健全、强大，像一个知识分子那样思考。知识分子在这里也不是比喻，而就是它的原义。

一个盲人的眼睛，当它显示着洞察力、俯瞰着人间，想想，那是一种什么景象？

《沉默如谜的呼吸》（周云蓬的首张专辑）就给我这样的印象，晦暗年代里一张晦暗的杰作，表义奇特，无法转述，只有听。已经有三年，我还是无法在一篇评论里简单阐明其意义。比如最容易表明作者意图的《失业者》，讲的是中国的失业现象，周云蓬却这么唱——一旦有一天看到了蓝天，我们就成了无助的失业者；一旦有一天嗅到了春天，我们就成了陌生的局外人。什么意思？而背景上一个二掌柜的画外音没有感情地絮白着：餐厅服务员，每月包吃包住300块钱；仓库保管员，每月包吃包住500块钱；产品推销员，每月包吃包住700块钱；电脑打字员，每月包吃包住800块钱。

无法转述，只有听。开篇《空水杯》无疑是个人生寓言，周云蓬却让意义只透出一点微光。孩子们出门玩儿还没回来，老人们睡觉还没醒来，只有中年人坐在门前发呆，天黑了，灯亮了——唱到这里突然提高八度：回家吧！

嗬，回家吧。晦暗的意义，鲜明的是那种声音，那种唱。我说了，大师的声音。这声音潜静低沉，不泛光亮如深水流，却有动荡、阅历紧压在底部，是这声音使些微意义从晦暗不明中突出，这声音本身即是意义。

《盲人影院》不是一家影院，就是周云蓬的人生，周云蓬看到的万象、众生。一个九岁失明的男孩，在盲人影院里听电影，当他流浪卖艺、云游四方、爱情痛苦、头脑疯狂、茫然绝望并且已届成年之后，他回到的还是电影院，什么都看不见，只选择安静地听，阅尽沧桑，心潮翻涌，祭奠。

于是，在人生的旁听席上，周云蓬找到了他独特的位置，一个独特的角度，一种只有他才有的方式。《沉默如谜的呼吸》，千钧一发的呼吸，水滴石穿的呼吸，鱼死网破的呼吸，火焰痉挛的呼吸，刀尖上跳舞的呼吸……这么静，又这么紧张，抽象的词组配上念名单：冯铿、胡兰成、辜鸿铭、邵飘萍、王实味、李立群……更多不知道的只对周云蓬有意义的名字，整首歌的效果就像是在事主最生死攸关的瞬间，周云蓬找到一条秘道与这一个个灵魂相对，不着一词，只是静看、静对、捏紧手心，耳边是那静极又惊心的呼吸。这是生死攸关的瞬间，这是只有周云蓬才有的方式，只是静对，不说话、不表达、不评论，跟他们一起感受那最千钧一发、最惊心动魄、最心惊肉跳的一刻。

盲人中似乎盛产音乐家，但像周云蓬这样的盲人，不多见。很多盲人歌手擅长表现音乐技能，抒发悲苦的自传，周云蓬的才能却表现在智慧上。他在音乐上的才能也主要不是技巧而是智力，简约、精准、扼要，一箭穿心。《空水杯》无过渡地转了四个调，将同一个旋律唱出四种不同的颜色和意思;《沉默如谜的呼吸》每一句尾静极一声"嘀"，惊心动魄;《鱼相忘于江湖》中的埙，那样的吹法，像是哀悼、警报，就一个音，统贯全篇，呜呜落下。

如果我们真的能阅尽人间，那么生死都将只是祭奠。在一首歌里，这位民谣诗人想到他的母亲，他说，为了她我还有一点怕死，因为不敢让她伤心。

二 我说

跟周云蓬的点点滴滴
—— 一些琐碎的往事，纪念我们的青春和友情

读书

很多人惊诧于周云蓬的人文气质，而他的歌词也完全可以当作诗歌来读。

事实上，九岁失明的他，是长春大学特殊教育学院中文系本科毕业的。

他在读大学的时候就已经是吉他高手了，他教同学弹吉他，不收学费，而是"交换时间"。

我教你弹一小时的吉他，你帮我读一小时的书。

就这样，云蓬的阅读量远远超过了一般的中文系学生——我是说那些有眼睛还有眼镜的。

我一向自以为读书不少了——小时候家里住房紧张，我干脆住在学校的图书馆。（我妈是校领导，所以——）

但我生性浮躁，一些枯燥无味的大部头翻翻就扔。直到大一，我的阅读口味还在金庸、三毛、《读者》《萌芽》的线上。

直到遇见了周云蓬。

他读的书很多，你可能纳闷了，他怎么看啊？

不是有我吗？

于是，我硬着头皮看完了很多我翻几页就想扔掉上街看姑娘去的书，《荷马史诗》啊，《瓦尔登湖》啊，《癌症楼》啊，米兰·昆德拉啊。

云蓬也不让我白给他读书，一块五毛钱一瓶的燕京啤酒管够。

这段经历，让我受益终生。

你说，这样的哥们，你能不感激终生吗？

边走边吃

(2010-08-17 14:36:05)

标签：杂谈 分类：往事如风

从广州坐长途汽车去贺州要十个小时。我出门最喜欢的是坐火车，不到万不得已不坐飞机或汽车。火车多舒服啊，又宽敞、又平稳，还安全，一路上经过哪个小站还会有卖特色小吃的。

当然，到火车上来兜售的小吃质量很可疑。当年我在北京上学的时候，火车一到德州就有小贩上来卖扒鸡。德州扒鸡，天下闻名的嘛！刚上来卖二十块一只，到了沧州就十块一只了，到了廊坊就十块钱两只了。

有人说，这是瘟死的鸡。我挺纳闷的，怎么天天都有那么多的瘟鸡啊？！

两个民工兄弟买了两只，吃得满嘴油汪汪的，似乎是上等的美味。吃完之后，也没见这哥儿俩拉肚子犯羊癫疯。

俺娘说，她小时候每到月底就跟大舅坐火车去济南找姥爷要钱。姥爷在省委工作，拿到工资就吃喝玩乐，不顾家。但儿子、女儿来要，他还是会乖乖地交出来的。

要到了钱，大舅就要买吃的，当然是在火车站。有一次他一毛钱买了好几个大白面馒头，这可太值了。结果一口咬下去，只是一层白面皮，里面都是红薯——俺家那边，红薯是喂猪的。

还有一次，兄妹俩去饭馆，看到菜单上有"熏田鸡"，五毛钱一只。一琢磨，五毛钱一只鸡，真便宜，兄妹俩能吃饱了。不大会儿服务员送上来一只蛤蟆，两人吓了一跳。

扯远了，我其实还是在火车上买到过几次好吃的特产。

有一次从上海坐火车去金华演出，回来经过嘉兴的时候键盘老栗趁停车的工夫下去散步，买回来一包肉粽。嘉兴肉粽确实有名气，可这火车站卖的……老栗看出我们的疑惑，说，放心吃，他是看到列车长买了一大包于是跟着买的。大概是十块钱五个吧，有肉有火腿还有咸蛋黄，确实好吃。

还有一次是在青海，我对面坐着的是俩土族父子。小男孩十二三岁，他拿起香烟盒外面的塑料薄膜就能吹出好听的旋律，我猜这是在放羊的时候用树叶、草叶练就的绝技。我学了半天，只能吹出轮胎漏气的嘶嘶声。

列车停在一个不知名的小站，皮肤被高原的阳光晒得黑红的藏族老乡端着脸盆上来卖吃的。大片大片的牛肉，看起来很鲜嫩，是煮熟了用红红的辣椒拌的，大概是跟四川人学的做法。自古以来，山东人闯关东，山西人走西口，福建人下南洋，四川人就爱往西藏跑。

话说回来，高原上蔬菜罕见，砖茶、辣椒都是补充维生素的好东西。

这香喷喷、红灿灿的凉拌牛肉，竟然才六块钱一斤。要是我那老乡武松在就好了，小二，五斤牛肉，两坛青稞酒！

可惜我的胃口比猫大不了多少，只能浅尝辄止。我不太爱吃肉，跟宗教信仰没关系，就是没兴趣。

还有卖烤湟鱼的，湟鱼学名裸鲤，是青海湖特产的一种鱼，肉质细嫩甘美。以前藏族人是不吃鱼的。

据说解放军刚驻扎过来的时候，想吃鱼了拿个麻袋、拿根棍子去湖边，站在岸边看哪条长得肥一棍子敲晕装麻袋里就行。后来汉人来得多了，本地人也学会吃鱼了，就大肆滥捕。这里的鱼傻，看见人不怕，甚至主动游过来打招呼，险些给捕绝种，现在禁捕了，但当地人还是偷偷打一些卖。

我后来步行绕青海湖的时候，在倒淌河看到好多湟鱼，浅浅窄窄的一条小河，啤酒瓶大小的鱼一群一群的。

广西随记

(2010-07-27 10:28:29)

标签：杂谈 分类：往事如风

广西贺州钟山县清塘镇大埠村。

一个远离尘世的小村。

隔段时间我会进一次镇上买生活用品，上一下网吧，但照片无法上传。

步行到镇子要一个多小时，我都是搭大叔的摩托车。

吃住都在大叔家。

大叔有八个儿女，都在广州打工，四岁的小孙子陪着大叔大妈。

大妈住院了，大叔每天除了回家做饭睡觉，都在医院陪大妈。家里平时就我一人。

一 菜园

大叔家出门五百米，就是一个竹林深处的菜园。菜园有篱笆有门，不过没锁，用绳子拴着，一提就开，不是为了防人，是防牲畜。菜园里有空心菜、南瓜、西红柿、姜，最多的是我感觉像莴苣的菜。我摘了很多回家，大叔说，这是喂猪的菜。

菜园里有两棵果实累累的黄皮树，黄皮是一种貌似龙眼但味道怪怪的水果。以前在南宁吃过，在城里叫黄金果。

二　三哥

三哥一条腿不好，走路跷脚，但说话很有中气。

三哥自己酿酒，自己喝。大叔也会请他来家里帮忙酿。我买他的酒，他只要两块钱一斤。很醇香的米酒。

第一天来的时候，三哥特地拿来一瓶他泡的酒。一大雪碧瓶子，我们喝了个精光。

本来是想来乡下戒酒的，结果发现掉到酒窝里了。

大叔早上五点就起来，炒个鸡蛋开始喝酒。喝点之后出去买菜。八九点的时候我起床，三哥、四哥也都过来啦，围着火锅开始喝酒。

早上喝酒我倒是干过，早上吃火锅却是第一次——而且，涮的是猪下水、南瓜秧子。

猪肝、猪腰子涮着还行，挺脆生，猪小肠直接嚼不烂，我就当成口香糖嚼半天，最后囫囵吞肠。

这里做菜贼简单，就把水、肉、菜放在锅里煮熟加点盐，却又有一种特殊的香味。

三哥别看是跷脚，擅长抓野物。他说在山上发现了两条大蛇。有这么粗，他指着盛酒的大雪碧瓶子说，只看到头，就缩回洞里去了。

三　鱼塘

大叔现在已经不种田了，儿女都很孝顺。每月儿女孝顺的钱就够大叔小酒喝喝、小肉吃吃了。大叔爱吃肉，我来了之后餐桌上才增添了青菜这个项目。我已经爱上了南瓜藤、南瓜花。

大叔有个鱼塘，似乎也不大上心管理。大妈在医院里想吃鱼了，大叔全副武装带着渔网去鱼塘折腾半天，带回来一条林黛玉的嘴那么大都能横着吞下的小鱼。我去菜市场买了一条烧了让大叔给大妈送去，我自己研究这条小鱼应该红烧呢还是清蒸，还是一半红烧一半清蒸。

2019 年 3 月写于大理

记住它们的名字

1

黑泽是小区邻居家的一只狗，是熊熊的小伙伴。

从河南来的奶奶天天带着它在停车场玩儿。黑泽很活泼，见到熊熊就往身上骑。其实，熊熊跟它一样，都是男的。

我妈妈讲，黑泽很懂事，我妈妈跟它扔石头玩儿。我妈说，石头扔得太远了，黑泽你帮我捡回来，黑泽就很听话地把石头放在我妈脚边。那天下午，奶奶哭着来我家，说她要回去了，再也不来了，黑泽死了。

据目击者讲述，黑泽家隔壁临时住了一个女的，也带了一只小狗。那女的那天下午提了个塑料袋，里面是包子和鸭子肉，她把塑料袋里的吃的倒在垃圾桶旁，想喂小狗，但小狗闻了闻不吃。这时，黑泽冲了过去，开始吃包子，吃了一半，很反常地也不吃了。回家后，开始嚎叫，要往外跑，奶奶打开门，黑泽惨叫着冲出门，冲到那个女的屋子里，死在她家的客厅里。看死状，好像吃了毒药。舌头变色了，且快速死亡，很痛苦的样子。隔壁那个女的第二天就搬走了，无从询问那个包子是从哪里来的。

奶奶八十多岁了，从河南来大理就是照顾黑泽的，如今黑泽死了，奶奶不想再待在这儿了。奶奶说一口方言，很多话没听懂。反复说，走了，不来了。

2

金宝也是一只导盲犬，跟着它的女主人在北京生活。有一回，挤地铁，金宝就是不上车，坐在站台上，说啥都不走了。女主人又哄又吓唬，金宝就是不挪窝。后来，女主人说，那不坐地铁了，上去找出租车，金宝才起来工作。旁边围观的人还录了视频传到了网上。

后来，金宝陪着主人去西安，在城墙上突然跳过护栏，一跃而下，摔到十几米下的地面上，马上被送到附近的宠物医院抢救，最终还是死了。主人当然很伤心，金宝没能回北京，就地掩埋在城墙下了，挨着某位帝王将相长眠于古都。

金宝为啥反常地跳下城墙呢？有人解释，当时下面有人敲鼓、吹唢呐，很热闹，金宝好奇想去玩耍。在城墙上，因为城垛挡住视线，可能无法判断墙外的高度。

或者总在北京生活太压抑了，金宝自己决定结束这一切，也未可知。

3

布什，是香山的一只流浪狗，谁家多口剩饭，都会留给布什吃。有一回，我卖唱挣钱了，改善生活，炖了一锅羊排。布什早早地等在锅旁，等羊排好了，马上给它一块，还把它烫了一下。我们都很喜欢布什。

后院有个四川人，半开玩笑地讲，春节要把它炖了。那时候，大家肚子里缺油水。有时候，四川人还捏捏布什的身体，说挺肥的，垂涎欲滴的样子。我们觉得，他不见得是开玩笑，就正经八百地劝告他，你实在馋了，大家凑钱给你买点肉，千万不要打布什的主意。

春节过后，布什失踪了。起初，大家觉得它本来就是流浪狗，可能去哪儿玩了，过一阵会回来的。又过了个把月，还不见布什，大家开始怀疑那个四川人，经过询问，果然春节的时候，他把布什吃了。据他说，当他把布什吊起来的时候，布什还咬了他一口。

怎么没一口咬死他呢？

布什平常是很温和的，从来没咬过任何人。

由于大家都是邻居，也没好意思过分地谴责四川人。那时大家朝不保夕的，生活比布什好不了多少，唏嘘了几天，就各忙各的去了。

4

亨利是一只小狗。一对刚退休的夫妻，千里迢迢，开车从北京来大理，开车就是为了方便带着亨利。

到大理后，亨利很兴奋，活泼过度了，毕竟大理海拔两千多米，刚来应该多休息慢慢适应。亨利病了，估计是高原反应，小狗抵抗力弱，没几天就死了。

那对夫妻很伤心，本来把亨利带到大理是想让它享福的，没想到竟然害了它。伤心了几天，他们说梦到亨利转世了，就在大理当地，还是一只狗。于是，他们开始寻找转世的亨利，去村子里找，去街面上找。

老天不负有心人，在卖狗的市场上，他们叫着亨利的名字，有一只笼子里的小狗，反应很强烈，据说小狗是刚出生的，跟亨利死的时间前后脚。

它就是亨利的转世了。

他们高兴地把它买回家，名字当然也叫亨利，我们习惯地叫他亨利二世。

小狗现在都满地跑了，它也爱跟熊熊玩儿。

2019 年 3 月写于大理

南寺

越过贺兰山，左边是腾格里沙漠，右边一条路，通往南寺。

我和女伴要去南寺，那里有六世达赖喇嘛仓央嘉措的灵塔。

当年，仓央嘉措从拉萨被押往北京，在纳木错湖失踪，成为历史悬案。据说，他逃到南寺，一直在那里生活到去世。从纳木错到贺兰山外的南寺，多远啊！怎么逃过来的，不可思议。

我喜欢仓央嘉措的诗歌，这次来拜望一下。我们在路上拦了一辆出租车，司机跟我们说好了价钱，拐上去南寺的路。

到门口，天晚了，没人卖门票了，车一路开进去。下车的时候，司机变卦了，说他给我们省下门票钱，所以要再多给他二百块。我们觉得他不讲理，没给他。司机骂骂咧咧地开车走了。进入大殿，里面的风格是藏传佛教的布置，墙上有唐卡，空气里弥漫着藏香的味道。

仓央嘉措的灵塔是白色的，在大殿后面，我上前参拜，绕着塔转了三圈。这时候，天黑下来了，回去的车估计也找不到了。我们遇到一位喇嘛，问寺庙里可否住宿。喇嘛人很善良，说没有供游客住宿的所在，但是我们可以住在他的房间里，他住在别的地方。太好了，我们可以有时间充分逛逛，还可以近距离体验一下寺庙的生活。

　　房间里，黑漆漆的，有两张床，一个脸盆架，上面有洗漱的大木盆。屋外有水缸，里面有存水。听着晚课的诵经声，我们很快就睡着了。半夜的时候，突然有人进来，吓得我激灵一下醒了，坐起来问，谁？来人叽里咕噜说的话，我没听懂。

　　女伴从另一张床上也坐起来了，比画了半天，弄懂了，这是另一个住在这儿的喇嘛，来取自己的什么东西。一场虚惊！对了，我们的屋门没锁，住在寺庙里，我们想用不着锁门。

　　第二天，我们向喇嘛辞行，感谢他的帮助，顺便打听往山里走还有啥风景。原来，里面还有个悬空寺，在山涧边修的寺庙。

　　我们很感兴趣，按照他的指点走进去。先是一些石像，好像是关于十八罗汉的故事。再往里走，果然有一所小庙，下临深渊，庙里无人，我们一间间房子看过去。有个屋子，窗台上放着一个空酒瓶。我们真有点动心，想在这里住一夜，不然白瞎了这么好的风景，可想了想还是算了。

回来的路上，女伴突然紧张地拉住我，让我噤声。我忙问，看见啥了？有劫道的？等了一会儿，她长出一口气，刚才路上有一条大蛇爬过去了。快两米长的蛇，怕我惊慌惊动了它。没想到，北方的山里还有大蛇。等蛇走远了，我们继续往回走。

回到仓央嘉措的白塔旁，天又晚了，我们不想再住一夜了，等在庙门口，看看是否有下山的车。还真等到了。一对拜佛的夫妻开车来，说可以带我们到大路上。开车的是丈夫，他问我的姓名，还说我长得像某个罗汉。车开出南寺大门，丈夫忽然啜泣起来，并且抽抽噎噎的声音越来越大。

我心里一阵发毛，这是咋回事啊？我碰碰女伴，想提前下车，因为车里的气氛太不寻常了。

坐在前排的妻子，劝丈夫，以后还来，别哭了，就像劝贪玩的小孩离开游乐场一样。然后她跟我们解释说，她丈夫进寺庙就会不由自主地哭。果然，车离开南寺远了，男人一点点地恢复了正常。我平生还是第一次遇到离开寺庙难分难舍得要哭的人。

下车后，我们千恩万谢，如果没有他们送我们，要走到半夜才能到大路上。

心里一块石头落地，也感恩没碰到奇怪的、超出我们理解力的人或事情。

事后感觉这个地方很神奇，可能是仓央嘉措真的在这里生活过，留下了浪漫又神秘莫测的气息。

2019 年 3 月写于大理

后记：
别来有恙

　　四十六岁那年，我的人生有了新的转机，戒烟戒酒了，顺带把猪肉也戒了。过去觉得吃饭时必须得喝点儿，聚会时也要来点儿，不然就找不到话说，演出前也得抿上几口，不然调动不起来情绪，演出完，满哪儿找烟，平复自己亢奋的心情。这些不可缺少的，突然在某日之后，就都轻如鸿毛了。

　　2016 年 6 月 30 日，我在大连旅顺导盲犬训练基地突发中风，左半侧身体麻木，行动吃力，毫无征兆，病来了、山倒了，我跟导盲犬熊熊一起训练的快乐时光终止了。熊熊之前几天就总长吁短叹的，当时我很惊奇，发觉狗原来还会叹气，也许它以动物的敏感早已预知，日子快到头了……

6月29日那天，我从网上买了一瓶麦卡伦十年单麦芽威士忌，主要是酒瘾发作了，当晚喝了半瓶。第二天早上被导盲犬基地的训导员发现，给了我严重的批评警告。上午训练的时候，训导员说我和狗走得很不好，可能是因为昨晚喝了酒。中午出现了一个小小的事故，我上车的时候，沿着座位向里挪，给其他学员让座，座位另一端的车门没有关，结果我把自己让到车外去了，坐到了地上。下午再训练的时候开始感觉左腿麻木，晚上加重。第二天，果断决定终止导盲犬基地的训练，回沈阳住院治疗。

检查结果是多发性脑血栓。我从铁西区第八医院转到医大，这是沈阳最好的血栓医院了。刚开始住的是十人病房，加上陪护，得有二十多人，吃不好饭、睡不好觉，一屋子的病，病病相连，就像山连山，连成巨大的山脉，压得人要窒息。我再次翻找电话簿，全国托关系，再多花点钱，终于住上了单人病房，真是如蒙大赦啊！

住院久了，就会觉得人要认命。护士"哐啷啷"地推着车进病房，高声询问，谁是周云蓬？

那是每一天的开始。然后开始打吊瓶，今天扎得疼不疼，是我当天最关注的热点。有的护士有经验，纤纤玉手按压之间，针头已经进去了，我会很感激地表扬，您手艺真好。遇见新手，护士会先向你预警，可能会有点疼啊。我心里一哆嗦，偷偷咬紧后槽牙，大义凛然地说，没关系。针头在手臂中犁地似的终于找到那根血管，我还是会表扬，不疼，可以。

为了减轻心理压力，我打点滴的时候放点背景音乐，尽量把这件事情艺术化。刚开始放"枪炮与玫瑰"，他们的歌比较提神，但是播放了几天觉得有点不妙，护士在这种音乐刺激下，动作比较猛。后来我学乖了，开始放肖邦、莫扎特，针感柔和多了。再后来我就开始在病房里练吉他，出院后要最快地重返舞台。主治医生一见我能弹吉他了，说你这也好得差不多了，过几天可以卷铺盖出院了。我也不好意思客套一下，说自己没住够啥的。

接下来是漫长的康复之路，我是脑血栓患者，就像脸上刺字的配军。吃中药、扎针灸、按摩推拿、遍访名医，最感兴趣的话题就是脑血栓、动脉硬化、脑梗、血脂血糖。有时候觉得自己像屠格涅夫笔下的那只麻雀，一声枪响，别的麻雀都惊飞而起，只有它被打中了。它心里想，凭啥是我呀？比我喝得更多的、造得更狠的，大有人在，怎么我的血管就"咣当"一下堵住了呢？再想想，走好运的时候从来不这么问自己，甘心承受月之阴暗面吧，只能耐心等待它重新光明、圆满起来。

作为病人也具有了一定的豁免权，谢绝多余的聚会、应酬，对一些求写序的、写软文的，也可以高挂"病中"这一免战牌，搪塞过去。

不喝酒的日子，感觉日日夜夜明媚光亮起来，每个时刻都是你的，就算不说话，那也是看得见、摸得着的实实在在的时间。不再昏眩，不再满嘴跑火车，不再傻瓜似的半夜给别人打电话倾诉。养病中倒是有很多老友打电话给我。柴静来电，说她爸爸和我是同样的病，就是狂走走好的，啥药都不必吃。

走，我找到了去旅行的堂皇的理由。打小我就擅长出走，这次为了治病，更加责无旁贷。

八月我去了香港，沿着九龙城旁边的老街，一条一条地走，很多泰国餐馆、老药店、饼屋，还有一家理发店，我花三十港币进去剃了一个光头，多年蓄下的长发一扫而空，顿觉头上天高云淡，海风吹过头皮，血液流得畅快多了。

一个月后，我飞到旧金山，为了帕蒂·史密斯的一场演唱会。我先读了她的自传《只是孩子》，二十多年前就深爱她的歌，这回能听她的现场，真是如梦如幻啊！再顺便逛了金斯堡、凯鲁亚克出没的"城市之光"书店，后来就索性住在书店对面，朝夕耳熏目染，追寻"垮掉的一代"的步伐。

旧金山很适合走路，沿海从"渔人码头"走到"渡轮大厦"，"九曲花街"是一服好药，坡陡弯多，爬到顶一身大汗，通经活络；"金门公园"是一服好药，里面有野牛牧场，还有免费的"蓝草音乐节"看；顶着大太阳，"金门大桥"也走了一遍。每天筋疲力尽地回到小旅馆，倒头便睡，再无失眠之苦，早上兴冲冲地起来奔向下一个景点，比吃啥偏方都好。

到了洛杉矶，有一服猛药正等我呢——"沙漠之旅音乐节"，三天：鲍勃·迪伦、滚石、尼尔·杨、保罗·麦卡特尼、谁人、平克·弗洛伊德的罗杰·沃特斯，这六棵成了精的老山参有振聋发聩、起死回生之药效。鲍勃·迪伦没过几天就获得了诺贝尔奖，滚石的米克·贾格尔一身华衣满台疯跑，保罗·麦卡特尼现场唱了 *Hey Jude*、*Let it be*，尼尔·杨唱 "I crossed the ocean for a heart of gold"，罗杰·沃特斯再次推倒那面墙。唉，要是不得病，还真不见得能下决心来看这场大演出，震撼啊！难忘！

当然病还没彻底好，但是见到了希望，这些七十多岁的老头子在舞台上一唱就两个多小时，还飙琴呢，又蹦又跳的。我辈四十多岁的年轻人哪有脸生病变老。音乐节入场的橙红色的手环就系在腕子上做纪念了，算是六位老山参开过光的，保佑我 "forever young"。加油啊！小周！年轻时你就百折不挠，履险如夷，重新打起精神来，记住尼采的话：凡不能杀死你的，终使你更强大。病要是还不好，咱就去阿根廷、去南极，地球这颗大药丸够你吃的，包好，包好。

图书在版编目（CIP）数据

笨故事集 / 周云蓬著 . —北京：北京联合出版公司，2019.10
ISBN 978-7-5596-3538-9

Ⅰ . ①笨… Ⅱ . ①周… Ⅲ . ①短篇小说 – 小说集 – 中国 – 当代 Ⅳ . ① I247.7

中国版本图书馆 CIP 数据核字（2019）第 172107 号

笨故事集

作　　者：周云蓬
责任编辑：管　文
装帧设计：尚燕平
插画 & 书法：九个妖

北京联合出版公司出版
（北京市西城区德外大街 83 号楼 9 层 100088）
天津旭丰源印刷有限公司印刷　新华书店经销
字数 90 千字　787 毫米 × 1092 毫米　1/32　7.625 印张
2019 年 10 月第 1 版　2019 年 10 月第 1 次印刷
ISBN 978-7-5596-3538-9
定价：48.00 元